पल्लवी पुंडीर

पल्लवी पुंडीर बिहार के पटना वीमेंस कॉलेज से अर्थशास्त्र में स्नातक तथा उत्तर प्रदेश स्थित लखनऊ से व्यवसाय प्रबंध में स्नातकोत्तर डिप्लोमा प्राप्त हैं। लेखन में छात्र जीवन से रुचि रही। आठ साल कॉरपोरेट दुनिया में मार्केटिन्ग और फ़ाइनेंस का काम देखने के बाद अब एक स्वतंत्र लेखक हैं। पल्लवी के अब तक सौ से अधिक आलेख, कविताएँ, कहानियाँ देश की प्रसिद्ध साहित्यिक पत्रिकाओं में प्रकाशित हो चुके हैं। किन्डल पर प्रकाशित महाभारत के एक सशक्त स्त्री पात्र हिडिम्बा पर आधारित उपन्यास 'पल्लवी' को बहुत पसंद किया गया।

स्वरचिता

कहानियाँ उन स्त्रियों की, जिन्होंने प्रश्न किया

पल्लवी पुंडीर

प्रथम संस्करण: 2022

ISBN: 979-8-88869-010-9

© पल्लवी पुंडीर
मूल्य: ₹ 160

प्रकाशक: प्रतिबिम्ब, नोशन प्रेस का उपक्रम
संपर्क: नोशन प्रेस,
7, मांटिएथ रोड
एग्मोरे, चेन्नई, तमिलनाडु – 600008

Swarachita
Short Stories by Pallavi Pundir

अनुक्रम

मीरायण

मृत्यु! एक रुदन! एक स्याह कोठरी! लेकिन इस कोठरी में न तो दरवाज़ा था, न खिड़कियाँ और न रोशनदान। अभी उसकी रूह इस कोठरी के बाहर सूनी दीवार में दरवाज़ा तलाश रही थी और उसका मृतप्राय शरीर अपने आत्मीयों से अंतिम विदा ले रहा था। उसकी बेटी महविश अपने पति के कंधों को गीला कर रही थी लेकिन बेटा गुलशन, वह तो पत्थर हो गया था। एक यंत्र-सा लोगों के प्रश्नों का उत्तर दे रहा था।

न मालूम क्यों और कैसे लोग निर्दोष पीड़ा का अपराध तय कर लेते हैं और फिर प्रश्नों के खंजर से वार करते हैं। जिस क्षण उन्हें शांत होकर पीड़ा को गुज़रने देना चाहिए, वे सुझाव के अवरोध लगाते हैं। लोग ऐसे समय में यूँ करते, तो यूँ होता की एक पुस्तक लिख लेते हैं। जब इतना बहुत नहीं होता, तो हृदय में दबी स्मृतियों को शब्दों के नाख़ून से कुरेदने लगते हैं। गुलशन की गर्लफ्रेंड यामिनी सब समझ रही थी। वह गुलशन की आँखों में तलाश को पढ़ पा रही थी। गुलशन उस पल-पल बेजान हो रहे शरीर में सुरक्षा तलाश रहा था, हमेशा की तरह।

अभी एम्बुलेंस दरवाज़े पर पहुँची ही थी कि तभी एक फुसफुसाहट हुई!

'एक डॉक्टर होने का सबसे प्रमुख अभिशाप, किसी प्रिय की मृत्यु को सबसे पहले देख लेना होता है!'

महविश ने भी फुसफुसाहट सुनी। उसका समस्त अनुभव भी प्राणों से प्रिय उस पक्षी को उड़ने से नहीं रोक पाया और वह चीख पड़ी, "माँ चली गई!"

गुलशन ने यामिनी को यूँ देखा, जैसे पूछ रहा हो, क्या सचमुच! जैसे कि वह जानता ही नहीं कि माँ का जाना क्या होता है। फिर अचानक से लोगों की भीड़ बढ़ गई थी। सभी अंतिम दर्शन करना चाहते थे। गुलशन लोगों का अंत के प्रति यह मोह समझ नहीं पा रहा था! मृत्यु का उत्सव हो रहा हो जैसे! उत्सव तो जीवन का होना चाहिए था। तभी उसने सुना कोई कह रहा था,

"सुपुर्दे-ख़ाक़ की तैयारी शुरू करनी होगी।"

ठीक उसी पल गुलशन के भीतर का पत्थर पिघला और उसका मन आँखों से बरसने लगा। यामिनी की बाँहों ने लावा समेट लिया। स्वयं को थोड़ा शांत कर गुलशन केवल इतना कह पाया, "मेरी माँ ढकोसलों को नहीं, भगवान को मानती थीं इसलिए दाह-संस्कार के बाद केवल एक प्रार्थना सभा होगी!"

इक़बाल चाचा ने गुलशन को सख़्त शब्दों में समझाने का प्रयास किया, "बेटा, निकाह के पहले औरत का मज़हब कुछ भी रहा हो वह मायने नहीं रखता। निकाह के बाद शौहर का मज़हब ही औरत का मज़हब होता है!"

कितनी सरलता से यह समाज स्त्री से उसकी पहचान छीन कर उसे एक पुरुष के अधीन कर देता है। पितृसत्ता स्त्री के पंख नोचकर उसे पति के नाम की बैसाखी थमा देती है। फिर आजीवन वह स्वयं को थोड़ा-थोड़ा समाप्त होते देखती है। इस समाज में कितनी स्त्रियों को चयन का अधिकार मिलता है! कभी संस्कृति तो कभी प्रेम के नाम पर उन्हें समझौता करना ही पड़ता है। किन्तु प्रेम तो सत्य तभी है, जब दो प्रेमिल मन एक-दूसरे को अपने-अपने स्वतंत्र व्यक्तित्व के साथ स्वीकार करें और आने वाली पीढ़ी को भी स्वतंत्रता का अधिकार प्रदान करें। गुलशन आज यह सब कहना चाहता था लेकिन कहा नहीं, यह भाषा उनके लिए अपरिचित जो थी।

इसलिए उसने कहा, "वह मेरी माँ थीं लेकिन मेरे पापा की बेग़म नहीं थीं!"

मीरा, केन्द्रीय विद्यालय में प्रधानाचार्य। मीरा, एक विधवा स्त्री। मीरा, गुलशन और महविश की माँ। पर अब मीरा कौन? वहाँ जमा लोगों को समझ नहीं आ रहा था कि क्या और कैसे पूछें अथवा क्यों पूछें। लेकिन मीरा किसी को उत्तर देने के लिए बाध्य तो नहीं थी। फिर भी अनर्गल फिसलती ज़बानों को बताया गया कि मीरा दोनों बच्चों की पालक माता थी। हालाँकि प्रश्न तब भी उठे थे। यह तो संसार का नियम है। उत्तर से प्रश्न कहाँ चुप होते हैं, मात्र अन्य प्रश्नों का जन्म हो जाता है। इसलिए इसके आगे न कुछ बताया गया और न पूछने वाले को वहाँ रुकने दिया गया।

यामिनी ने पंडित जी को पहले ही बुला लिया था। नियत समय पर उनके आते ही, चंद लोगों के साथ महविश और गुलशन शमशान की तरफ़ निकल पड़े। मीरा को मुखाग्नि उसके दोनों बच्चे देने वाले थे।

किसी-किसी का जीवन एक जटिल पहेली बन जाता है। जिस नारी के आकर्षक व्यक्तित्व तथा मृदुल व्यवहार की सभी प्रशंसा करते थे, आज उसी के रहस्यमयी जीवन की मनगढ़ंत कहानियाँ रच रहे थे। स्त्री के जीवन पर जितनी काल्पनिक और सरस कहानियाँ गढ़ी जा सकती हैं, वह शायद किसी पुरुष पर नहीं। किन्तु मीरा की कहानी मात्र उसकी कहानी कहाँ थी! मीरा की कहानी तो हर्फ़ की कहानी भी थी, जो आज से बयालीस वर्ष पूर्व एक रात आरंभ हुई थी।

•••

"ऐ टॉपर, डॉक्टर कब बनोगे?"

फिर वही बेतुका प्रश्न। झुँझलाकर हर्फ़ ने हाथ में रखी किताब पटक दी और उठ खड़ा हुआ था। उसने चारों तरफ़ नज़र दौड़ाई पर कोई नहीं

दिखा। चाहता, तो वह अभी छत फाँद कर उस रहस्यमयी प्रश्नकर्त्री को खींचकर उसके माता-पिता के सामने खड़ा कर देता पर वह संत स्वभाव का लड़का जानता था कि ऐसी परिस्थिति में समाज तथा परिवार लड़की की क्या दशा कर सकते थे! वह ऐसी किसी स्थिति के लिए प्रस्तुत नहीं था।

इस कॉलोनी में सभी घरों की छतें आपस में मिली हुई थीं। कंक्रीट की ये छतें वर्षों से होली के पकवान और ईद की सेवइयों के आदान-प्रदान की गवाह रहीं। हर्फ़ की बहन नीलोफ़र के निकाह के बाद, पाँच महीने पहले ही उसका परिवार यहाँ शिफ़्ट हुआ था। उसके पिता जावेद की यह बात उनके खुदा ने रख ली। वैसे खुदा से माँगने का डिपार्टमेंट तो हर्फ़ की अम्मी हमीदा का था, जिसमें जावेद साहब भी कभी-कभी सेंध लगा दिया करते। जब तीन साल पहले हर्फ़ ने मेडिकल की प्रवेश परीक्षा पास की, तो पूरा परिवार हाजी अली की दरगाह पर चादर चढ़ाने गया। यह बात सभी को बहुत बाद में पता चली कि यह मन्नत हमीदा की नहीं, जावेद की थी।

हर्फ़ को किताबें पढ़ने का चाव था। जब भी कोर्स की पुस्तकों से समय मिलता, वह देश-विदेश के प्रसिद्ध साहित्यकारों के रचे तिलस्मी संसार में खो जाता। घर की पहली मंज़िल पर हर्फ़ के कमरे के अतिरिक्त मात्र टेरिस था। वैसे तो दिन के समय भी यहाँ कोई नहीं आता, पर उसे रात का स्याह अँधेरा अपने मौन मिश्रित एकांत के कारण कुछ अधिक ही पसंद था लेकिन पिछली चार रातों से वह जब भी पढ़ने बैठता, फिर वही प्रश्न, "ऐ टॉपर, डॉक्टर कब बनोगे?"

एक दिन तो उसने उचककर रोशनदान से झाँक कर देखा, फिर बाहर टेरिस पर भी गया। उस सटी हुई छत पर सूखती साड़ियाँ तो दिखीं, पर आसपास कोई नहीं दिखा।

पाँचवी रात हर्फ़ जैसे पहले से ही तत्पर था। जिस नीम की डाली से झूलकर वह रोज़ रोशनदान से झाँकती थी, वह थोड़ा झुक गई थी इसलिए आज जब पत्तों के बीच से उसकी सफ़ेद चुनरी चमकी, तो प्रश्न करते समय डाली के साथ उसकी आवाज़ भी काँप गई। सुनते ही हर्फ़ टेरिस पर आ गया और डाल पकड़ ऐसे हिलाई, जैसे फल तोड़ रहा हो। नीम की डाल से फल तो क्या गिरता पर जो गिरा, वह भी कोई कम अजूबा नहीं था। टप से टपके आम-सी ही एक लड़की हर्फ़ की पुष्ट भुजाओं में थरथरा गई।

हर्फ़ अचानक घबरा गया।

"आई एम सॉरी" उसके माथे पर पसीना झलक आया, "मुझे पता नहीं था कि वह तुम हो!"

पर वह मुखरा सुंदरी बड़ी चंचलता से मुस्कराई, "ओह, तुमने क्या सोचा था कि उस डाल को हिलाने पर किताबें झरेंगी?"

हर्फ़ का चेहरा अपमान से लाल हो उठा।

"नहीं तो! मुझे लगा डाल से कोई भूतनी गिरेगी!"

हर्फ़ ने कहा तो लड़की झेंपने के स्थान पर ढीठता से मुस्करा कर बोली, "लो बोलो, इतनी मीठी बोली क्या भूतनी की होगी! रात-दिन किताबों में दिमाग़ खपाने से यह ज्ञान मिला तुम्हें!"

"मैं क्या यहाँ आवाज़ें पढ़ने बैठा हूँ! अजीब मूर्ख हो!"

मन-ही-मन लड़की को हँसी आ गई। बेचारा सचमुच ही तो किताबों के अतिरिक्त कुछ नहीं देखता था। अपनी माँ और उनकी ख़बरी टीम से प्राप्त सूचनाओं ने उसके भीतर लड़के को देखने का मोह जगा दिया और देखने के बाद, उसे निकट से देखने की इच्छा तीव्र हो गई।

वास्तव में उस नवयुवक के चेहरे की कमनीय कान्ति दर्शनीय थी। काले चश्मे के भीतर से झाँकती कत्थई आँखों को देखने का लोभ वह छोड़ ही नहीं पा रही थी। लाख चाहकर भी वह अपने मन की गिरहें नहीं खोल पा रही थी और मूर्ख लड़का यह सोचने की बजाए कि एक लड़की उसे रोज़ देखने क्यों आती है, फ़ालतू की बहस में लगा रहा! और मूर्ख भी उसे ही कह रहा है। ऐसा सोचते ही लड़की के चेहरे पर मुस्कान की एक लंबी रेखा खिन्च गई।

हर्फ़ चिढ़ कर बोल पड़ा, "अब तुम जाओ, मुझे पढ़ना है!"

"वह तो जाना ही है। पर इतना जान लो बबुआ, तुम डॉक्टर भले बन जाओ, रहोगे मिट्टी के माधो ही!"

"क्या बकवास है!"

हर्फ़ की तिलमिलाहट देखते ही वह फिर हँस पड़ी और बोली, "और क्या बोलूँ!"

"हर्फ़! मेरा नाम हर्फ़ है!"

वह धीरे-धीरे चलते हुए हर्फ़ के बिलकुल निकट आ गई। पहली बार हर्फ़ ने उस लड़की को ठीक तरह से देखा और देखता रह गया।

उसकी उम्र पंद्रह-सोलह से अधिक नहीं होगी। उस चेहरे की लुनाई में एक अनुपम आकर्षण था। लंबी छरहरी देह, गेहुआँ रंग, सुतवाँ नाक और ऊँचे उठे गाल। आँखें बड़ी नहीं थीं लेकिन उनके भीतर एक चमकती रोशनी सदा हँसती रहती थी। काले रेशम से लंबे केश, सुंदर होंठों पर खेलती वह निर्दोष मुस्कान और बच्चों-सी सहजता किसी को भी मैत्री के अटूट बँधन में बाँधने के लिए पर्याप्त थी।

वह अभी भी हर्फ़ को ही देख रही थी। हर्फ़ के गौर मुखमंडल पर कर्णचुम्बी ललाई खिन्च गई। उसने बड़ी अदा से नाक मरोड़ा और बोली, "न, मैं तो माधो ही बुलाऊँगी!"

"देखो तुम…"

"देखने लायक तो आप हो! जभी तो इतने दिनों से देख ही रही हूँ!" उसने बड़े भोलेपन से कहा और पहली बार दोनों की आँखें मिली। हर्फ़ के सर्वांग को जैसे किसी ने आग से दाग दिया हो।

"तुम जाती क्यों नहीं!"

"मैं हर रात सहस्त्र बार मंत्रजाप करने ऊपर आती हूँ।"

"मुझे क्यों बता रही हो?"

"फिर किसे बताऊँ? तुम्हारी अम्मी को!"

"हमें नहीं मिलना चाहिए!"

"अच्छा! इस बारे में कल सोचेंगे। सुनो, कल मेरे लिए मछली बनवाकर ले आना।"

उसने यह बात इतने अधिकार से कही थी कि हर्फ़ एक पल को अपने मध्य के अजनबीपन को भूल गया।

"अब तुम जाओ।" हर्फ़ ने थोड़ा नम्र स्वर में कहा।

"हम्म! ज़रा सहारा देना, तो मैं तुम्हारे छत की इस मेढ़ पर चढ़ जाऊँ। डाली तो तुमने तोड़ दी।"

हर्फ़ ने उस उद्दंड लड़की का आदेश गुमसुम होकर सुना, फिर चुपचाप भीतर से एक स्टूल लाकर धर दिया।

"थैंक यू" उसने अपनी सलवार को कुछ ऊँचा किया, सुडौल चमकती एड़ियाँ स्टूल पर उचकीं और वह कूदकर दूसरी छत पर पहुँच गई।

"माधो, मछली मत भूलना!"

"ख़बरदार, जो मुझे माधो कहा। मछली खानी है, तो अपनी माँ से बनवा लो।"

"वो हो सकता, तो तुमसे क्यों कहती भला! विधवा हूँ मैं! तो फिर कल मिलते हैं!"

हर्फ़ को काठ मार गया था और वह उड़न-छू हो गई।

तभी एक आवाज़ फिसली, "माधो।"

हर्फ़ के मुँह से यकायक निकला, "हाँ!"

"मेरा नाम मीरा है!" और फिर एक बचकानी खिलखिलाहट छनछनाकर कहीं खो गई।

हर्फ़ को उसकी अम्मी ने पूरी कहानी सुना दी थी। चार साल पहले मीरा की बड़ी बहन का विवाह हुआ था लेकिन शिशुजन्म के समय उसकी मृत्यु हो गई। परिवार के सामने नवजात को पालने की समस्या खड़ी हो गई थी। घरवालों को बच्चे को सौतेली माँ के हाथों सौंपने से अच्छा एक बालिका को सौंपना लगा इसलिए चौदह वर्ष की मीरा का विवाह उसके तीस वर्षीय जीजा से करा दिया गया, पर लड़का अच्छा था। उसने मीरा की पढ़ाई नहीं छुड़ाई। सत्तर के दशक में स्त्री शिक्षा को बढ़ावा देने वाले कम ही थे।

लेकिन नियति का खेल अभी शेष था। विवाह के पाँच महीने बाद ही मीरा के पति की सड़क दुर्घटना में मृत्यु हो गई। ससुरालवालों ने बच्चे को अपने पास रख लिया और मीरा को मनहूस कहके घर से निकाल दिया। समाज ने भी उसकी बहन को सावित्री बना दिया, जिसने अपने पति की मृत्यु को अपने ऊपर ले लिया लेकिन मीरा को डायन बना दिया। मीरा के शिक्षक पिता ने उसकी पढ़ाई तो जारी रखी लेकिन उस पर असंख्य पाबंदियों की ज़ंजीर बाँध दी। आख़िर

उन्हें भी इसी समाज में रहना था। आगे चलकर दोनों बेटों का विवाह भी करना होता।

अगली रात टिफ़िन में मछली भर कर हर्फ़ उसका इंतज़ार करता रहा, पर वह नहीं आई। थक कर उसने बत्ती बुझाई और सो गया। रात के दो बजे होंगे। अचानक टेरिस पर खटपट शब्द सुन, वह चौंका। तभी उसे याद आया कि वह टिफ़िन तो टेरिस पर भूल आया था। हो न हो यह बिल्ली होगी। आवाज़ से घर के लोग कहीं जाग न जाए। वह झुँझलाकर उठा और बाहर की ओर लपका।

"उठ गए" मुस्कराती मीरा का स्वर मछली के टुकड़े के बीच से छन कर निकल रहा था।

"आज तो बुरी फँसी। जीजा..." इतना कहकर उसने अपनी जीभ काटी और फिर बोली, "मेरे पति का जन्मदिन था आज, सो माँ ने व्रत रखवा दिया। सूरज के ढलने के बाद तो रोज़ का उपवास रहता है। फिर भी न मालूम कितने व्रत! बड़ी भूख लगी थी।"

अपनी लाल तीखी जीभ के छोर से उसने अपने रसीले होंठ चाट चटखारा लिया और मछली का एक दूसरा छोटा टुकड़ा मुख में धर लिया।

हर्फ़ उस लड़की के दुस्साहस पर दंग था लेकिन उन आँखों में संतोष की चमक और होंठों पर सुख की तृप्ति के अचूक निशान से हर्फ़ के दिल के पंख निकल आए और वह शरीर से बाहर निकलकर फड़फड़ाने लगा।

हर्फ़ मीरा के निकट ज़मीन पर ही बैठ गया।

"तुम पढ़ती हो?"

"हाँ।"

"कौन-सी क्लास में?"

"बारहवीं।"

"अच्छे से तो पढ़ती हो?"

अब तक वह टिफ़िन चट कर चुकी थी। हर्फ़ की ओर आँखें तरेर कर बोली, "तुमसे मतलब। फिर पढ़ने से होता क्या है? ये दुनिया किताब नहीं, आदमी चलाते हैं। जो किताबों में लिखा है, वह कोई नहीं मानता! मैं पढ़ती हूँ क्योंकि कुछ समय के लिए पूजा-पाठ से छुट्टी मिल जाती है। चलो अब जाती हूँ!"

वह पलटी ही थी कि हर्फ़ ने उसकी कलाई थाम ली और खींचते हुए नीम के पेड़ के पास ले आया।

"छिः! तुमने क्या सोचा, तुमसे प्रेम करने आई थी मैं? सोचा था..." इससे पहले कि वह कुछ और कहती हर्फ़ ने उसके मुँह पर अपना हाथ धर दिया।

"श-श-श"

मीरा की आँखें बड़ी हो गईं। हर्फ़ ने ऊपर की तरफ इशारा किया। दोनों ने एक साथ देखा। काले आसमान पर चाँद के ठीक पीछे नारंगी, पीली, सफ़ेद और नीली रंग की रेखाएं बन रही थीं। इसके ठीक बीच में न मालूम कैसे एक अकेला पक्षी आ गया था, मानो वह अपने पंखों से आकाश को रंग रहा हो।

"मीरा, क्या देखा तुमने?" जिसने नाम पुकारा और जिसका नाम पुकारा, दोनों एक साथ काँप उठे। किसी का कंठ गंगाजल से तर हुआ, तो किसी के कान में अज़ान की धीमी स्वरलहरी घुल गई।

"सुबह!" वह बस इतना कह पाई।

"इस पक्षी को देखो। यह सूरज की प्रथम किरण के स्पर्श से स्वयं को तर कर आगे बढ़ेगा। इतना ही नहीं, यह सूरज और चंद्रमा के इस अनोखे मिलन का साक्षी भी बनेगा। लेकिन यह जल्दी में क्यों नहीं है? क्या इसे अकेले होने का भय नहीं है? क्या इसे जलने का भय नहीं है? लगता तो नहीं। इसकी सूरज से शांतिसंधि भी नहीं हो सकती। फिर क्यों?"

मीरा को कुछ समझ न आया, बस एकटक उत्तर की आशा में हर्फ़ को देखती रही।

"ऐसा इसलिए क्योंकि यह जानता है कि इसके पास पंख है। मीरा, शिक्षा तुम्हें पंख देगी। पंख उड़ान देंगे। उड़ान स्वतंत्रता देगी। स्वतंत्रता आत्मनिर्भरता और निर्भीकता देगी। फिर भेड़चाल के पीछे नहीं, अलग और अकेले चलने का आत्मविश्वास आ जाएगा।"

सुनते ही मीरा न मालूम किस प्रेरणा से हर्फ़ के गले में हाथ डालकर झूल पड़ी थी। हर्फ़ की शिराओं में साहस भर गया और उसने इस आग की शिरा को अपने आलिंगन में क़ैद कर लिया।

कुछ ही दिनों में अजनबीपन की भावना का स्थान प्रेम ने ले लिया। हर्फ़ के दाएं-बाएं, जंगली हिरण-सी कुलाँचें भरती मीरा, पढ़ती भी रही और उसे प्रेम के नवीन पाठ पढ़ाती भी रही। हर्फ़ देश-विदेश के अनेक साहित्यकारों की किताबें मीरा को पढ़ने के लिए देता। और मीरा उन्हें पढ़ती, बार-बार पढ़ती।

दोनों का अभूतपूर्व दुस्साहस बढ़ने लगा। अब वे घर की परिधि पार कर नर्मदा के तट पर घंटों बैठ आसमान का ज़मीन हो जाना देखने लगे। नियति मुँह छिपाकर हँसती ज़रूर लेकिन उसे ज्ञात नहीं था कि इस प्रेमी युगल को उसकी इस चतुराई का ज्ञान था।

वे जानते थे कि समाज से इस प्रेम को सम्मान कभी प्राप्त नहीं होगा। वे संघर्ष से नहीं डरे लेकिन इस संघर्ष की आग में निर्दोषों के जीवन

को जलने नहीं दे सकते थे। प्रेमियों का प्रेम मिलन की आशा करता है लेकिन हर्फ़ और मीरा ने चिर-वियोग को स्वीकार कर लिया। फिर नियति का कैसा भय!

अपने चार वर्ष के प्रेमकाल में उन्होंने एक युगल होने के कितने सोपान तय किए, यह तो उन्हें भी ज्ञात नहीं। हाँ, लेकिन प्रेम में इत्र हो गए थे दोनों। एक-दूसरे में समाने के लिए उन्हें शरीर की आवश्यकता नहीं थी। एक-दूसरे की साँसों से घुली हवा में साँस लेना ही उनका समर्पण था। बारिशों की रात में अपने गीले तन के साथ, हृदय के सूखे कोने को थोड़ा तर कर लेना उनका आलिंगन था। चंद्रमा के सौरभ में नहाए हुए होंठों पर फूलों का स्पर्श, उनका चुंबन था।

और फिर वह सुबह आई जब विरह ने द्वार पर दस्तक दी। उस सुबह मीरा के बीए का परिणाम और हर्फ़ के विलायत जाने की ख़बर एक साथ आई।

विरह के उस अंतिम आलिंगन में हृदय की उमड़ती वेदना पर यत्न से बाँधा गया बाँध टूटकर गिर गया और आँसू की बूँदें उनके प्रेम की साक्षी बन उस छत, आकाश, रात, चाँद, फूल और नीम के पेड़ को टपटप भिगोती गई।

उसके बाद वे कभी नहीं मिले। तब भी नहीं, जब हर्फ़ लौटा। तब भी नहीं, जब मीरा की नौकरी लगी। और तब भी नहीं, जब हर्फ़ का निकाह हुआ। वे साथ नहीं रहे, पर साथ थे। सुहागन मीरा, काफ़िर हर्फ़; एक ने प्रेम को माँग में भर लिया, तो दूसरे ने प्रेममूर्ति हृदय में स्थापित कर ली।

पर पराजित नियति ने प्रतिशोध लिया, घृणित और निन्दनीय।

हर्फ़, उसकी पत्नी और अब्बू की एक सड़क दुर्घटना में मृत्यु हो गई। लेकिन आश्चर्य, गाड़ी में यात्रा कर रहे उसके छह महीने के जुड़वाँ बच्चों

को एक खरोंच भी नहीं आई। जीवित होते हुए मर जाना क्या होता है, यह मीरा ने उस समय जाना, जब उसने हर्फ़ के निर्जीव शरीर को देखा। जब उसकी अपनी साँसें उसका दम घोंट रही थीं, ठीक उसी समय हर्फ़ की अम्मी ने मीरा की गोद को स्वच्छ हवा से भर दिया। हर्फ़ के दोनों बच्चे मीरा के स्तनों में ममता टटोलने लगे थे। मीरा को संबल मिल गया।

लेकिन संसार कहाँ रोग की विषम व्यथा को समझता है। पैसा, धर्म और सत्ता मिलकर समाज चलाते हैं और समाज संसार का ईश्वर होता है। अपने ही पौरुष की बैसाखियाँ टेकता समाज हर्फ़ के बच्चों को अनाथ घोषित कर उनके लिए परिवार की तलाश में व्यस्त था। नीलोफ़र का कूपमंडूक और धर्मांध पति जिस हर्फ़ के प्रगतिशील विचारों से घृणा करता था, आज उसके ही बच्चों की परवरिश को अपना कर्त्तव्य और अधिकार मान रहा था।

समाज के नेत्रों पर उसने अपने निकट पुरुष संबंधी होने का कपड़ा बाँध दिया था, जबकि उसकी अपनी आँखें हर्फ़ के बैंक लॉकरों की चमक से बंद हो रखी थी। उनके घर बच्चों का भविष्य किसी अंतहीन अंधेरे सुरंग में गिरने जैसा था। हमीदा भी मीरा को अपना डर बता चुकी थी।

मीरा यह सब समझ न रही हो, ऐसा नहीं था लेकिन वह यह भी जानती थी कि इस लालच के चक्रव्यूह से बच्चों को सकुशल निकालने के लिए उसे अभिमन्यु नहीं, अर्जुन बनना होगा इसलिए उसने हमीदा का द्वार खटखटाया।

"क्या सचमुच!" हमीदा मीरा को सुनकर मात्र इतना ही कह पाई थीं।

"यदि आप मुझे इस लायक समझें!"

"मैं तो इसमें अल्लाह की मर्ज़ी मानती हूँ। हर्फ़ के बच्चों की माँ तो तुझे ही होना था!

मीरा हमीदा की बात सुनकर स्तब्ध रह गई।

"आपको पता था?"

वह हँसी और उसके चेहरे को दुलार से छूते हुए बोलीं, "हमेशा से! वह जो रोज़ नए-नए पकवान की फ़रमाइश तुम करती थी, उसे बनाता कौन था! हर्फ़ ने मुझसे कभी कुछ नहीं छिपाया। तुम दोनों के मासूम इश्क़ को शायद मेरी ही नज़र लग गई। काश कि मज़हब..."

उन्होंने अपना वाक्य पूरा भी नहीं किया था कि मीरा बोल पड़ी, "काश कि मज़हब ही नहीं होता, काश कि समाज के नियम पुरुष नहीं बनाते। काश, काश, काश; कितने काश! छोड़िए आँटी, काश बहुत हैं और जीवन छोटा। आप ये बताएं, ऐसा हो सकता है क्या?"

बेचारी हमीदा। रुआंसी होकर बोली, "मुस्लिम पर्सनल लॉ बोर्ड के अनुसार गोद लेना ग़लत है। ऐसे मामले में कोर्ट-कचहरी तो कभी सुनी नहीं। फिर इसमें भी फ़ैसला तुम्हारे हक़ में नहीं जान पड़ता। हालाँकि इस्लाम अनाथों को सहारा प्रदान करता है लेकिन दत्तक संतानों को विरासत में हिस्सेदारी नहीं मिलती। कारण है कि इस्लाम में सभी संबंध अल्लाह द्वारा निर्धारित किए जाते हैं।

एक व्यक्ति, जिसके साथ निकाह और यौन संबंध संभव हैं, के साथ शारीरिक अंतरंगता जायज़ नहीं है। इसलिए दत्तक पुत्र उस घर में नहीं रह सकता है, जिस घर में माँ या उस माँ की पुत्री रहती हो। फिर तुम्हारा तो धर्म भी अलग है। वे कभी नहीं मानेंगे!"

"लेकिन हर रिश्ते को शारीरिक संबंध के तराजू पर तौलना..."

"बेटा, वे नहीं मानेंगे!"

थोड़ा सोचकर मीरा ने कहा, "मानेंगे! मैं बच्चों को गोद नहीं ले सकती, पर संरक्षक तो बन सकती हूँ! बच्चे आपके साथ रहेंगे! और आप मेरे

साथ! इस तरह से उनका धर्म भी आहत नहीं होगा। बस इस बात पर मुहर लगाने के लिए आपको…”

“मुझे क्या!”

मीरा थोड़ा झिझकी, फिर बोली, “इस घर और बाक़ी सब प्रॉपर्टी को नीलोफ़र दीदी के नाम करना होगा!”

“फिर इन बच्चों का क्या होगा!”

“उसके लिए इनकी माँ है ना!”

हमीदा का गला भर आया, “नीलोफ़र मेरी कोखजायी होकर पराई हो गई है और तू! सही कहता था हर्फ़, सच्चा इश्क़ मात्र देना जानता है!”

उसके बाद ठीक वैसा ही हुआ जैसा मीरा ने सोचा था। थोड़ी टाल-मटोल के बाद वे लोग मान गए। हालाँकि नीलोफ़र ने अपनी अम्मी पर गुस्सा होने का दिखावा किया। विधर्मी, वह भी स्त्री, ऊपर से विधवा; संरक्षक बनाने के लिए समाज तैयार नहीं हो रहा था। लेकिन इन बच्चों की परवरिश से छुट्टी और साथ ही इतनी बड़ी प्रॉपर्टी के मालिक बनने की ख़ुशी में नीलोफ़र के पति ने समाज को भी समझा लिया।

वैसे भी बच्चे तो दादी के साथ रहने वाले हैं, मीरा तो मात्र उनकी संरक्षक रहेगी। यहाँ तक कि उन लोगों ने मीरा को बच्चों की आया तक कह डाला लेकिन मीरा खुश थी। उसने अपने परिवार को तो पहले ही मना लिया था। हर्फ़ की पत्नी के परिवार में मात्र उसके पिता थे, जिन्होंने सहर्ष मंज़ूरी दे दी।

मीरा यह भी जानती थी कि इस शहर में बच्चों का सामान्य जीवन संभव नहीं इसलिए अपना तबादला पूर्वोत्तर के किसी राज्य में करवाकर, वह बच्चों और हमीदा के साथ चली गई।

यहाँ लोग वर्तमान पर अतीत को नहीं खोजते थे लेकिन मीरा समझती थी कि समय के साथ बच्चों के मन में कौतूहल होना ही है इसलिए उसने एक दिन बच्चों को सब बता दिया। बच्चों ने न केवल इस सत्य को स्वीकारा, बल्कि भविष्य में कभी अपने अतीत को वर्तमान पर हावी नहीं होने दिया। कौन कहता है, माँ बनने के लिए प्रसव वेदना सहना आवश्यक है! जीवन के हर क़दम पर वेदना सहकर अपनी संतान पर उसकी छाया तक न पड़ने देना, माँ बनना है।

जब महविश के मेडिकल के सहपाठी फ़रहान ने उसके सामने विवाह-प्रस्ताव रखा, तब भी महविश ने उससे कुछ नहीं छिपाया था। फ़रहान के परिवार ने न केवल इस रिश्ते को स्वीकारा, बल्कि उनकी नज़रों में मीरा का सम्मान और बढ़ गया।

गुलशन सिविल सर्विस में जाना चाहता था। दो साल के अथक प्रयास के बाद आख़िरकार उसे सफलता मिल ही गई और उसका चयन इनकम टैक्स अधिकारी के लिए हो गया था। ट्रेनिन्ग के दौरान उसकी पहली पोस्टिन्ग लखनऊ हुई। इसके बाद से ही वह मीरा पर स्वैच्छिक सेवानिवृत्ति का दबाव बनाने लगा था लेकिन मीरा हमीदा की सेहत और अपनी नौकरी का बहाना बना देती।

पिछले साल हमीदा तो गुज़र गई लेकिन मीरा की नौकरी के दो साल शेष थे। अब गुलशन किसी भी हाल में उसे वहाँ अकेली छोड़ने को तैयार नहीं था और मीरा नौकरी छोड़ने को तैयार नहीं थी। संयोग से महविश और उसके पति भी लखनऊ के सरकारी अस्पताल में थे इसलिए महविश भी चाहती थी कि मीरा वहीं आ जाए। लेकिन मीरा तो कुछ सुनती ही नहीं थी।

गुलशन और महविश अपनी माँ को समझते थे इसलिए उन्होंने गुलशन के घर ख़रीदने की बात मीरा से छुपा ली और तभी बताई, जब घर ख़रीद लिया। घर की हाउसवॉर्मिंग पार्टी में तो मीरा को आना ही

पड़ा। बच्चों की सभी नाराज़गी दूर करने के लिए मीरा भी इस बार पूरे दो महीने की छुट्टियाँ लेकर लखनऊ आई।

घर छोटा, पर सुंदर था। मालिक को जल्दी में बेचकर जर्मनी जाना पड़ा इसलिए सस्ते में मिल गया। हाउसवॉर्मिंग पार्टी की पूरी तैयारी मीरा ने की। पार्टी में मीरा, यामिनी और उसके परिवार से भी मिली। अपने बेटे की नायिका से मिलने के क्षणों की सृष्टि करने में वह न जाने कितनी बार अतीत में चली गई।

देखते-ही-देखते दो महीने भी बीत गए। उदार विधाता जब मनुष्य से कुछ प्रिय छीनता है, तो स्वयं ही उस क्षति को किसी दूसरे रूप में लौटा भी देता है। मीरा ने वापस नौकरी पर लौटने का विचार छोड़ दिया। कॉलेज में फ़ोन करके बात कर ली। अगले महीने वापस जाकर बची हुई औपचारिकता समाप्त करने की बात तय हुई लेकिन उससे पहले ही यह सब हो गया।

नींद में ही हृदयाघात हुआ और इससे पहले कि उसे अस्पताल ले जा पाते, मीरा ने अपनी आँखों के सन्दूक में अपने बच्चों के मुखड़ों को भरा और सदा के लिए उन्हें बंद कर लिया। कैसा विचित्र संयोग कि उस रात महविश भी घर पर ही थी।

तेरह दिन बाद मीरा के लिए प्रार्थना सभा रखी गई। गुलशन अपने मामा, मीरा के भाई दीपक से इस बारे में बात कर ही रहा था कि किसी ने पूछा, "आँटी के स्कूल से फ़ोन है। वे यहाँ आना चाहते हैं। घर का पता पूछ रहें हैं।"

इतना सुनते ही गुलशन ने फ़ोन ले लिया और अभिवादन के बाद उन्हें पता बताने लगा, "जी, हमारे घर का पता है- मीरायण, मकान नंबर-44..."

मैंने पिता को जन्म दिया

दिन के प्रकाश के साथ ही फ़ोन आया कि पापा का देहांत हो गया है।

मैं एक अजीब-सी वशयता का अनुभव करते हुए उठी। फ़ोन सुनने के बाद भी जैसे कुछ समझ नहीं आया कि मुझे जो अभी-अभी पता चला, वह क्या है? थोड़ी देर बाद मोबाइल मेज़ पर रखकर ब्रश और तौलिया लेकर बाथरूम में चली गई। स्नान कर जब वापस कमरे में आई, तो एकदम से छोटे भाई के कहे चार शब्दों का आशय बिजली की तरह मेरे मन में कौंध गया - पापा अब नहीं हैं।

मेरे मन में एक विचित्र प्रकार की वेदना उठी, जो दुख तो कदापि नहीं थी। अब तक संवेदना व्यक्त करने के लिए जितने भी मित्रों, संबंधियों अथवा परिचितों के फ़ोन आए, उन सभी के स्वर में मुझे अपने लिए चिंता स्पष्ट सुनाई पड़ी किन्तु मुझे दुःख का अनुभव ही नहीं हुआ और मुझे अपने-आप पर थोड़ी-सी ग्लानि भी इस कारण हुई। मैं चाहती थी कि एक बार रो दूँ - एक कुँवारी, पितृहीन स्त्री की तरह सरल भाव से रो दूँ! पर मेरी आँखें मानो सूख गई हों, एक बंजर धरती-सी चुभन शेष हो जहाँ।

मैं शून्य भाव से अपने लैपटॉप को देखते हुए बहुत देर तक बैठी रही। कुछ देर बाद मुझे लगा, जैसे मेरी लिखी जा रही किताब के अंश मुझे ही घूरने लगे हों। फिर उठकर खिड़की के सामने घुटने टेक कर प्रार्थना की मुद्रा में बैठ गई। लगभग एक घंटे बाद दरवाज़े की घंटी बजी। चौंककर मैंने दरवाज़ा खोला। सामने अभिनव था।

मैंने पूछा, "तो तुम्हें सूचना मिल गई!" उसने सिर हिला दिया। हम दोनों कुछ देर खिड़की के बाहर कुछ तलाशते रहे, जैसे शब्दों के

संचारण के लिए हवा संगृहीत कर रहे हों। तभी उसके एक हाथ ने बहुत हल्के और सांत्वना भरे स्पर्श से मेरे कंधे को सहलाया और मैं नींद से जाग गई। बोली, "मुझे तो इंदौर जाना होगा।"

"तो मैं टिकट करा लूँ।"

"नहीं! मैं अकेले जाऊँगी!"

"लेकिन मैं आना चाहता हूँ।"

"मैं कुछ देर अकेले रहना चाहती हूँ।"

"तो मैं जाऊँ?"

"हाँ।"

"फिर इंदौर में मिलते हैं।" उसने मेरी तरफ़ आग्रही नेत्रों से देखा किन्तु मुझे मौन देखकर बिना कुछ कहे बाहर निकल गया। कुछ घंटों बाद मैं कोलकाता से इंदौर जाने वाली फ़्लाइट पर बैठी थी। प्लेन ने उड़ान भरी और मेरे अंतर्मन में उठा-पटक आरंभ हो गई।

अंतर्मन... मनुष्य के मन का मन, जिसकी आवाज़ मैं आज प्रातः से ही अनसुना कर रही हूँ। किन्तु इस बार जब उसने आवाज़ दी, तो मैं अनसुना नहीं कर पाई। अंतर्मन के मुखर होते ही अतीत खुल गया।

मेरा जन्म मेरी बहन कावेरी के बाद हुआ। साँवले रंग के कारण नामकरण हुआ कृष्णा। पिता सत्येन्द्र नाथ शर्मा, इंदौर के सरकारी कॉलेज में भौतिकी के प्रोफ़ेसर थे। माँ रचना गृहिणी थीं। हालाँकि उन्होंने अपने विवाह के पश्चात बीएससी-बीएड किया किन्तु पहले हम दोनों बहनें और फिर मेरे भाई शुभम के जन्म के पश्चात उनके पास स्वयं के लिए भी अवकाश शेष नहीं रहा। अतः नौकरी की संभावना कभी बनी ही नहीं। हाँ, किन्तु माँ की शिक्षा का श्रेय पापा को ज़रूर प्राप्त हो गया।

घर का वातावरण पूर्णतः विज्ञान को समर्पित था। पापा ने कहा, "इस घर के बच्चे सिर्फ़ फ़िज़िक्स, केमिस्ट्री, बायोलॉजी अथवा मैथ्स पढ़ेंगे।" और यह अलिखित कानून बन गया लेकिन मेरे हृदय का प्रोग्राम कुछ बदल गया। नित्य शाम जब अन्य लड़कियाँ खेलने में व्यस्त होतीं, मैं कभी छत पर, कभी पलंग के नीचे पर बहुधा घर के पिछवाड़े बने टूटे उपेक्षित स्टोर में बैठकर लाइब्रेरी से लाई कहानियों की किताबें पढ़ती रहती। हमें घर में स्कूल की लाइब्रेरी से कोर्स की किताबों के अतिरिक्त कुछ भी लाने की अनुमति नहीं थी, पर मैं स्वयंभू ठहरी।

मैं जब कहानियों को पढ़ती, तो सोचा करती कि यदि कहानियों की किताब इतनी ही बुरी हैं जितना पापा कहते हैं, तो मुझे क्यों इन्हें पढ़ना अच्छा लगता है! कभी मेरे मन में यह संदेह उठता कि मैं बहुत गंदी और अयोग्य हूँ, तभी मुझे इन पुस्तकों की बुराई का अनुभव नहीं होता। लेकिन इतनी आत्मनिन्दा के बावजूद मैंने किताबें पढ़ना नहीं छोड़ा।

फिर समय के साथ देश-विदेश की कुछ और किताबों को पढ़ा और मेरा भीरु मन अपना सम्पूर्ण साहस एकत्र कर दुर्बल व्यक्तित्व से सवाल करने लगा, "कहीं ऐसा तो नहीं कि सवालों की लहरों से दूर रखने हेतु हमें उत्तरों के सागर में उतरने से रोक लिया जाता है। कहीं ऐसा तो नहीं कि उड़ जाने के भय से उन्होंने हमारे पंखों पर बेड़ियाँ डाल रखी हैं। सब समझते क्यों नहीं कि सागर में उतरे बिना लहरों का अनुभव कैसे होगा? सुदूर आकाश में जिसने उड़ान नहीं भरी, उसके पंख होना भी नहीं होने के समान है। अथवा कहीं ऐसा तो नहीं कि वे हमारी उड़ान को अपने नियंत्रण में रखना चाहते हैं।"

यह दबे हुए प्रश्न तब और मुखर हो जाते, जब मैं उपन्यास पढ़ते हुए पकड़ी जाती अथवा मेरा कोई उपन्यास किसी के हाथ लग जाता और मुझे 'नैतिक ज्ञान' अथवा 'नैतिक लक्ष्य' का पाठ पढ़ाया जाता।

एक रात घर की छत पर टॉर्च के प्रकाश में मैं शरतचंद्र के 'शेष प्रश्न' का हिन्दी अनुवाद पढ़ रही थी। नीचे माँ का स्वर पुकारता रहा और मैं कमल के संभाषणों में अपने प्रश्नों के उत्तर तलाशने में व्यस्त रही और पापा छत पर आ गए। आकर चारों ओर देखा और मेरे सामने आकर खड़े हो गए। मैं जब तक किताब से ध्यान हटाकर देख पाती, उन्होंने बड़ी निर्दयता से किताब को छीना और फाड़ दिया। अगले एक घंटे तक उनकी वाणी मेरे हृदय को और उनके हाथ का डंडा मेरे शरीर को भेदता रहा। घर में सब शांत रहे क्योंकि अभी-अभी जो मेरे साथ हुआ, उनके मतानुसार वह मेरे कल्याण के लिए उचित था।

अगली सुबह मैं स्कूल गई। हृदय पर उभरे निशान नहीं दिखते पर शरीर के दिख जाते हैं। सो प्रिया ने पूछ लिया, "ऐ कृष्णा! तेरे गाल पर इत्ता काला-सा क्या है?"

मैं चुप। यह कहना कि पापा ने बेंत से पीटा है, मेरे नन्हे-से आत्मसम्मान पर चोट करता-सा लगा। फिर वह अपूर्ण विजय, जो स्वयं को साहसी माने जाने की क्षमता रखता है, ने मुझे उपाय सुझाया। मैं बोलती चली गई, "अरे, ये!" मैंने अपने गालों को हल्के से सहलाया, "कल घर में बंदर घुस आया था। माँ डर से चिल्लाने लगी। कावेरी दीदी की तो जान ही निकल गई। पर तू तो जानती है कि मैं किसी से नहीं डरती। डंडा लेकर दौड़ पड़ी उसके पीछे। उसे दौड़ा-दौड़ाकर मारा। वह तो भाग गया पर मैं लौटते हुए गिर पड़ी और ये!"

"और तेरे पापा ने कुछ नहीं कहा!" अपने अनुभव के अनुसार प्रिया जानती थी कि चोट लगने पर अभिभावक दवा से पहले डाँट खिलाते हैं, सो उसे मुझ पर भरोसा नहीं हुआ।

पर अब मैं भी पीछे नहीं हट सकती थी। सो अपना गला साफ़ कर बोली, "कहा क्यों नहीं! पापा ने कहा, मेरी बहादुर बेटी और पाँच रुपए भी दिए।"

"हैं! सच!" उसने अपनी आँखें बड़ी कर पूछा।

"और क्या! मेरी सब बात सुनकर उन्होंने तो मुझे गोद में उठा लिया!"

"हाय! इत्ती बड़ी लड़की को! तेरी माँ ने कुछ नहीं कहा?"

"वह क्यों कुछ कहती। मैं अपने पापा की लाड़ली जो हूँ। मैं तो अपनी सारी बातें पापा से ही कहती हूँ।"

"कृष्णा, तू कितनी लकी है।" इतना कहकर प्रिया मेरे गले से झूल गई।

मैं ऐसे उठी, जैसे सोकर उठी हूँ। हर अंधकार को कुरेद-कुरेदकर उखाड़ फेंक दिया। मुझे लगा जैसे मेरे अभ्यंतर में तूर्यनाद हुआ और मस्तिष्क से एक बीज उत्क्षेपित होकर अंतर्मन के गर्भ में जा गिरा। प्रस्फुटित बीज से जन्म हुआ एक नए पिता का। विचित्र, किन्तु मेरा सत्य।

इसका प्रभाव कम-से-कम मेरे जीवन पर तो हुआ। मेरा अंतर्मन एक सुभग कल्पना लोक रचता गया। माँ, पापा, दीदी, भाई, दादी, नौकर, मेरे घर आने-जाने वाले रिश्तेदार, पड़ोसी, स्कूल के शिक्षक, प्रिन्सिपल... इन सभी का जीवन सामान्य ही रहा। यहाँ तक कि मेरे प्रति उनके व्यवहार तथा विचार में भी लेशमात्र का परिवर्तन नहीं हुआ। मैं मूर्ख, ख़राब तथा धृष्ट ही रही। बाहर से देखने पर मेरे जीवन में कोई भी विपर्यय गोचर नहीं होता किन्तु अंतर्भाग में हो रहे परिवर्तन किसी की दृष्टि में लक्षित नहीं हुए।

स्कूल में जब टीचर मुझे अपमानित कर श्रांत हो जाती, तो प्रिन्सिपल के पास भेज देती। एक बार तो प्रिन्सिपल के लिए इतना दाब अकेले सहना कठिन हो गया, तो उन्होंने पापा को बुला लिया। जब पापा स्कूल आए, तो मैं उन्हें प्रिन्सिपल के ऑफ़िस के बाहर खड़ी मिल गई। मुझे अपनी क्रोधी नज़रों से तिरस्कृत कर वह अंदर चले गए और मैं आने वाली विकट परिस्थितियों की जुगाली में व्यस्त हो गई।

ठीक उसी समय मेरी क्लास की मॉनिटर सोनम ने पास आकर पूछा, "कृष्णा, तुझे डर लग रहा है?"

डर! डर तो मुझे लग रहा था। किन्तु बेंत का नहीं, मेरे भेद के खुल जाने का। अपने मित्रों के सामने मैंने पापा और मेरे मित्रवत संबंधों का सदैव प्रदर्शन किया था। उसी मिथ्या के खुल जाने का भय मुझे चिन्तित कर रहा था किन्तु अपने भय को छुपाकर मैंने सोनम को उत्तर दिया, "डर तो लगेगा ही ना! पापा कहीं प्रिन्सिपल मैडम से झगड़ा न कर लें! अभी कल ही तो वह चाइल्ड साइकॉलजी पर कुछ कह रहे थे! उफ़्फ़! मैं स्कूलवालों के लिए डरती हूँ दोस्त।"

पापा को सार्वजनिक स्थानों पर क्रोध का प्रदर्शन फूहड़ता लगती थी। सो उस दिन स्कूल में तो मैं बच गई किन्तु घर पर नहीं बच पाई। शरीर को दंड देने के पश्चात मेरी आत्मा पर प्रहार हुआ। मुझे बताया गया कि कावेरी दीदी की उपलब्धियों तथा पापा के नाम के कारण मुझे स्कूल से नहीं निकाला जा रहा अन्यथा जिस तरह के निम्न स्तर के उपन्यास को पढ़ते हुए मुझे लाइब्रेरियन ने पकड़ा है, मेरा स्कूल से निकलना तय था। समय के साथ पापा और मेरे मध्य संवाद बहुत बढ़ गया था। वह प्रश्न करते, मैं उनके प्रश्न के उत्तर में एक और प्रश्न करती। वह झुँझलाकर मुझे मारते और मैं एक और प्रश्न पूछ बैठती। उस दिन भी वैसा ही हुआ।

मैंने पूछ लिया, "स्कूल में वह निम्न स्तर का उपन्यास रखा ही क्यों था?"

पापा ने उत्तर दिया, "वह बड़े लोगों के लिए है।"

"बड़े लोग निम्न स्तर का उपन्यास क्यों पढ़ते हैं?" मैंने फिर पूछा, "और इन्हें पढ़ने के लिए मुझे कितना बड़ा होना होगा?"

थप्पड़! मेरे कुछ प्रश्नों को उत्तर यूँ ही प्राप्त होते थे।

मैं 'कैसा नहीं होना है' का मानदंड होती चली गई। मैट्रिक में सेकेंड डिवीज़न लाने के बाद मैंने पापा को हमारे किरायेदार से कहते सुना, "तुम्हारा यह लड़का मेरी छोटी लड़की के समान ही मूर्ख है। इस पर दबाव बढ़ाओ अन्यथा मेरी तो लड़की है, किसी सम्पन्न परिवार में कन्यादान कर मैं तो निश्चिन्त हो जाऊँगा। तुम क्या करोगे?"

किरायेदार ने क्या कहा मैंने नहीं सुना, सुनने का प्रयास भी नहीं किया। मैंने तो तब भी नहीं सुना, जब पापा ने मुझे बारहवीं के फ़ॉर्म में विज्ञान भरने को कहा और मैं कला भर आई। घर आने पर जब वह मुझे मारते रहे और मेरी इस अवज्ञा का कारण पूछते रहे, मैं तब भी कहाँ सुन पाई। मैं सुनना चाहती भी, तो कहाँ सुन पाती क्योंकि मेरे कानों की चौखट पर खड़ा मेरा अंतर्मन एक वाक्य अनवरत बोलता रहा- "मात्र गणित अथवा विज्ञान में अव्वल होने से कुछ नहीं होता। अगर दसवीं के पहले विषय चुनने की स्वतंत्रता होती, तो तुम अव्वल आती।"

मैं सोचती हूँ, सोचती क्या मानती हूँ कि बेंत, चप्पल अथवा थप्पड़ में उतना सामर्थ्य नहीं है, जितना शूलयुक्त शब्दों में है। इसका कारण भी स्पष्ट है। काया के दाग़ को औषधि मिटा देती है किन्तु आत्मा के दाग़ आत्मविश्वास पर अंकित हो जाते हैं। फिर हर दिन स्वयं से स्व के लिए लड़ते रहो। कई प्राण तो समर के पूर्व ही स्वयं को पराभूत स्वीकार कर लेते हैं। कुछ प्रगाढ़ आत्मशक्ति वाले प्राण विद्रोह कर देते हैं। वहीं, कुछ मेरे जैसे होते हैं, जिनका स्व अपने अंतर का बंदी बन अनवरत लड़ता रहता है। कभी हार, कभी जीत किन्तु वह लड़ना कभी नहीं छोड़ता। ऐसे लोगों को क्या कहते हैं, मैं नहीं जानती। जानना चाहती भी नहीं।

बहरहाल, बारहवीं में कला चुनने के अपने क्रांतिकारी निर्णय के कारण मुझे पापा का प्रत्यक्ष में अबोला झेलना पड़ा। प्रत्यक्ष इसलिए क्योंकि अप्रत्यक्ष रूप से तो उनकी अपमानजनक छींटाकशी नियमित

रही किन्तु मैं अस्वभाविक रूप से शांत रही। आँखों में अश्रु तब आते, जब पीड़ा आत्मा का स्पर्श कर पाती। पापा के शब्दों को मेरा अंतर्मन, मेरा जाया पिता, भीतर प्रवेश करने की अनुमति ही नहीं देता।

कुछ ही महीनों बाद पापा का ध्यान मुझसे हटकर शुभम पर चला गया। बेटे की बोर्ड परीक्षा मेरे परिवार के लिए बड़ी बात थी। शुभम के परिणाम पर पूर्वजों तथा पापा के गर्व और अभिमान की अगली मीनार जो तैयार होती। उसके कमज़ोर कंधों पर इतना भार देखकर मेरे हृदय में अपने छोटे भाई के लिए अपार करुणा उमड़ पड़ती। मन चाहता कि उसके ऊपर से यह बोझ उठाकर फेंक दूँ। किन्तु न तो मैं कावेरी दीदी जैसी मेधावी थी, जिन्होंने प्रथम प्रयास में ही मेडिकल का एन्ट्रेन्स क्लियर कर लिया हो और न ही मैं पुरुष थी। सो, मैं मौन ही रही।

मेरे पापा स्त्री शिक्षा के हिमायती होने के साथ-साथ स्त्री स्वतंत्रता के भी प्रबल समर्थक माने जाते रहे। हमारे पूरे ख़ानदान में एकमात्र मेरे परिवार में ही बेटियों को बेटे के समान शिक्षा प्राप्त हुई। यह बात दूसरी है कि बेटे को शिक्षा अधिकार के रूप में और बेटियों को अनुग्रह के रूप में प्राप्त हुई। गाहे-बगाहे मेरी माँ हम दोनों बहनों को इस बात का स्मरण कराती रहती। जब परिवार ने बेटियों की शिक्षा पर इतना व्यय किया, तब बेटियों का भी कर्त्तव्य है कि वे अपनी मानसिक तथा शारीरिक स्वतंत्रता पर ताला लगाकर उसकी कुंजी अपने परिवार को सौंप दें। मेरी माँ ने भी यही किया और अब हमसे भी वह यही अपेक्षा करती थी। मेरी माँ शिक्षित थी किन्तु अगर काग़ज़ी डिग्रियों से ज्ञान, विद्या और विवेक प्राप्त होता, तो न शेक्सपियर होते और न रवीन्द्रनाथ ठाकुर।

शुभम का दसवीं और मेरा बारहवीं का परिणाम एक साथ आया। शुभम का परिणाम अच्छा रहा किन्तु वह पापा के अपेक्षानुरूप नहीं

था। वहीं मेरा परिणाम मेरे परिवार के लिए आशातीत रहा। जिस लड़की ने अब तक हर कक्षा को लुढ़क-लुढ़ककर उत्तीर्ण किया हो, वह अगर यकायक टॉप कर जाए, तो यह बात परिवार के साथ उसके सभी परिचितों के लिए भी अप्रत्याशित घटना ही होगी। यदि बंजर भूमि, खोटा सिक्का और अपात्र संतान यकायक अपनी प्रकृति से विपरीत आचरण करें, तो कुछ समय तक इसकी विश्वसनीयता पर ही संदेह हो जाता है। अतः पापा को भी सामान्य होकर प्रसन्न होने में समय लगा।

मेरे पास आकर प्रेमपगे स्वर में बोले, "तो आख़िर तुम्हारा कुछ तो हुआ!"

"जी!" मुझे इसके अतिरिक्त कुछ उत्तर समझ ही नहीं आया।

"चलो साइंस नहीं, आर्ट्स ही सही! वैसे भी डॉक्टर और इंजीनियर बनना सभी के बस की बात नहीं। सिविल सर्विसेज़ के लिए प्रयास कर सकती हो किन्तु मेरे मत में ऐसा न करो तो ही ठीक। तुम से नहीं हो पाएगा। बहुत परिश्रम चाहिए। वो कोई बारहवीं की परीक्षा तो है नहीं, देश की सबसे बड़ी परीक्षा है। तुम इंग्लिश या इकनॉमिक्स में बीए कर एजुकेशनल लाइन ले सकती हो। प्रोफ़ेसर न सही, स्कूल की मास्टरनी तो बन ही जाओगी।"

मैंने उन्हें सुना तो पर उत्तर ऐसे दिया, जैसे सुना नहीं। बोली, "मैंने हिन्दी को चुना है!"

"चुना है! हिन्दी! हिन्दी में क्या रखा है? अंग्रेज़ी अथवा इकनॉमिक्स से कुछ प्रतिष्ठा तो बनेगी। तुमने साइंस नहीं ली, मैंने वह भी मान लिया। अब कम-से-कम आर्ट्स में भी विषय तो ऐसा लो, जिसमें प्रतिष्ठा हो। तुम कभी तो मुझे कुछ संतोष दो।"

"होगा। आपको संतोष भी प्राप्त होगा किन्तु भविष्य में, जब मैं साहित्य के क्षेत्र में…"

मुझे बीच में रोककर वह एकाएक बोले, "साहित्य! दिमाग़ ख़राब हो गया है! सभी क्या निराला, दिनकर अथवा शिवानी बन जाते हैं!"

"पापा, या तो मुझमें कुछ प्रतिभा है या नहीं है। अगर नहीं है, तो फिर मैं इंग्लिश लूँ अथवा इकनॉमिक्स, मेरा कुछ नहीं होगा। और अगर है, तो क्या पता साहित्य-क्षेत्र में कृष्णा शर्मा भी एक नाम हो जाए।"

"हूँ, कृष्णा शर्मा! दलीलें छाँटती है लड़की! तुम्हारा कुछ नहीं होगा। बस विवाह होगा!"

बात समाप्त हो गई। संभवतः नहीं होती, यदि मेरा चयन दिल्ली यूनिवर्सिटी के प्रतिष्ठित कॉलेज में न होता। मैं दिल्ली आ गई और पापा शुभम की पढ़ाई और कावेरी दीदी के लिए वर की तलाश में व्यस्त हो गए।

जब मैं दिल्ली आई, तो समझ आया कि मेरी जिज्ञासाओं और प्रश्नों को उत्तर मिलें न मिलें, उत्तर की तलाश के लिए बड़ा आकाश ज़रूर मिलेगा। मेरे लिए एक नई दुनिया खुल गई, जहाँ न अनुकूलता थी, न प्रतिरोध और न ही मेरी हर क्रिया को अपने संस्कारों के तुला पर तौलकर फ़ैसला सुनाते नेत्र। न मालूम क्यों, पहली बार कोई शहर अपना-सा लगा।

किन्तु इसका अर्थ यह कदापि नहीं कि मैं घर को याद नहीं करती थी। मैं पापा को बहुत याद करती, इतना कि उन्हें याद करने के क्रम में दोस्तों के सामने रो भी दिया करती। हर शाम नियमित रूप से पापा को फ़ोन भी करती। हॉस्टल के सामने वाले एसटीडी बूथ में मेरी संध्या उपस्थिति नियमित हो गई। बूथ वाले अंकल भी मेरे आने के समय पर प्रयास करते कि बूथ खाली हो। आख़िर एक स्थायी ग्राहक सभी को प्रिय होता है। वह भी ऐसा जो आधा-आधा घंटा अपने पिता से बात करे और आँखें सुजाकर बूथ से बाहर निकले। बूथ वाले अंकल को मेरे

गृहातुर होने में और मेरी मित्रमंडली को मेरे पितासक्त होने में कोई संदेह नहीं रहा।

किन्तु वास्तव में मैंने फ़ोन पर पापा को कभी सुना ही नहीं। वह बोलते अवश्य, पर मैं तो किसी और को सुनती। इस कारण मेरा स्वयं के साथ संवाद बहुत बढ़ गया किन्तु छुट्टियों में तो मुझे घर जाना होता। मेरी सशंकित आत्मा घर पहुँचती और वहाँ एक नितांत अजनबी को अपने पिता के रूप में पाकर स्वयं में सिकुड़ जाती।

पापा मुझसे कॉलेज की बातें पूछते और फ़ोन पर की गई बातों पर हँसते भी। उन बातों पर, जो मैंने उनसे कभी की ही नहीं। उनका अपरिचित स्पर्श, शुष्क स्वर और प्रतिकूल सान्निध्य मुझे पीड़ित करता। उन्हें अनुभव ही नहीं होता कि जो वह कहते अथवा जो भाव-भंगिमा प्रदर्शित करते हैं, वह मेरे आत्मबल, मनोविकास और आत्मा की शांति को छिन्न-भिन्न करता होगा।

इसका प्रभाव यह हुआ कि मैंने घर जाना कम किया और घुमक्कड़ी आरंभ कर दी। मैं ऐसे स्थानों की तलाश में रहने लगी, जहाँ कम व्यय में प्रकृति को समीप से देखने का सुख प्राप्त हो सके। इस तलाश ने मुझे अभिनव से मिलवाया, मार्क्सवाद का एक संजीदा समर्थक, जिसकी बातें समझने में मुझे समय लगा। शीघ्र ही उसकी विचित्र लगने वाली मित्र-मंडली मुझे विशिष्ट लगने लगी। उनके साथ मैंने अनेक गाँवों और जंगलों का भ्रमण किया। उस भारत को देखा, जिसका अस्तित्व मेरे लिए पुस्तकों में अंकित शब्दों से अधिक कुछ नहीं रहा था। मैंने जाना कि पुस्तकों से अधिक ज्ञान यथार्थ की अनुभूति में है। इस सीखने-सिखाने के क्रम में अभिनव के साहचर्य ने मुझे प्रेम करना सिखा दिया।

स्नातकोत्तर के लिए मैंने जेएनयू में आवेदन भरा और मेरा चयन भी हो गया। तब तक मुझे एक बात समझ आ गई थी कि मनुष्य के स्वातंत्र्य रूपी पाश की कुंजी आर्थिक स्वतंत्रता है और

फिर मैंने विभिन्न पत्र-पत्रिकाओं के लिए लिखना आरंभ किया। प्रूफ़-रीडिंग के काम में भी अच्छी आमदनी होने लगी। संभव है मेरे मन ने भविष्य को देख लिया था।

मेरी जीवनशैली में आ रहा परिवर्तन पापा से गुप्त नहीं रहा। पहले तो उन्होंने मुझे फ़ोन पर समझाने का असफल प्रयास किया। फिर जब मैं कुछ दिनों के लिए घर गई, तब अनेक प्रकार के मानसिक दबाव डाले गए। माँ ने मुझे समझाया कि एक योग्य लड़की अपने माता-पिता की इच्छा का सम्मान करते हुए, उनकी पसंद के लड़के से विवाह कर लेती है। कावेरी दीदी ने भी यह ही किया। फिर मैंने तो पहले भी कभी अपने पिता को गर्व करने का कोई कारण नहीं दिया। अतः मेरे पास यह एक अंतिम अवसर है, जो मुझे पापा की दृष्टि में 'भली लड़की' बना सकता था किन्तु मैंने वह अवसर गँवा दिया। मुझे माँ के नैतिक व्याख्यान से अप्रभावित देख पापा का क्रोध बढ़ गया। जब शब्द अकारथ रहे, तो पापा का विश्रंभ पुनः अपने हाथों पर गया किन्तु जब इस बार उन्होंने अपना हाथ उठाया, तो मेरे भीतर कुछ प्रज्वलित हुआ। मैं कुछ बोली नहीं, बस निर्निमेष उन्हें देखती रही। मुझे दंड देने के लिए उठा उनका हाथ, नीचे हो गया। उस समय मैंने उनकी आँखों में विवशता और पराजय के मिश्रित भाव को देखा।

इस घटना के पश्चात मैंने पापा से फ़ोन पर बात करना तो नहीं छोड़ा किन्तु जेब ख़र्च लेना अवश्य बंद कर दिया। कभी-कभी घर भी चली जाया करती थी। हमारे मध्य जेब ख़र्च अथवा मेरे विवाह को लेकर फिर कभी कोई चर्चा नहीं हुई। जैसे हम दोनों इस स्थिति के लिए प्रस्तुत थे।

मेरे जीवन में पापा की भौतिक उपस्थिति मेरे भीतर साँस ले रहे आभासी पिता के लिए आवश्यक थी। जब मैं मित्रों के समक्ष अपने पिता की चर्चा करती, तो वास्तव में वह चर्चा मेरे आभासी पिता

की होती किन्तु मेरे मित्रों को तो मेरे भौतिक पिता की उपस्थिति का संज्ञान था। सो, जब वे देखते कि मेरे पिता मेरे अपरिमित परिमाण के जनक हैं, तो उन्हें मेरा जीवन सरल और मुक्त लगता। वे कहाँ जानते थे कि वास्तव में जनक और जननी, दोनों ही मैं हूँ! भ्रम सदा सत्य से सुंदर होता है।

समय नीरस गति से बढ़ता ही जाता है। आज के बाद कल, कल के बाद परसों, परसों के बाद माह और माह के बाद साल, नित्य वही कहानी। इस नित्या को ही तो जीवन कहते हैं। इस जीवन में हमारी सफलता और असफलता का निर्धारण दूसरे करते हैं। जिसे देखो, वह दूसरों की दृष्टि में स्वयं को सफल सिद्ध करने की रेस में भाग रहा है, पर मैं नहीं दौड़ी। अभिनव और मुझे मंथर गति से चलना जो रास आ गया था।

प्रेम में होने के बावजूद भी मैं अभिनव के सम्मुख कभी पापा का सत्य कह नहीं पाई। शायद कभी साझा करना चाहा भी नहीं। क्योंकि वर्षों के अभ्यास ने आभास को यथार्थ कर दिया था। अब तो मैं स्वयं भी भ्रम में जीने लगी थी। तभी जब अंततः मेरे नाम के आगे डॉ. लगा, मैंने पहला कॉल पापा को ही किया।

उनकी प्रशंसा में भी आलोचना ही थी। अभिनव को भी उन्होंने कभी पसंद नहीं किया। उन्हें अभिनव का सामाजसेवी होना, मार्क्सवादी होना, नास्तिक होना और मेरी पसंद होना चुभता लेकिन जितनी बार भी अभिनव उनसे मिला, पापा उसके साथ शिष्ट रहे। ऐसा होना स्वभाविक ही था क्योंकि पापा सदा से छवि श्रमिज्ञ रहे हैं। हालाँकि मैं उनके मानकों पर कभी खरी नहीं उतरी।

तब भी नहीं, जब मैंने उन्हें कोलकाता के सरकारी कॉलेज में हिन्दी प्रोफ़ेसर की नौकरी लगने के बारे में सूचित किया। शुभकामनाओं के स्थान पर पापा से मुझे चेतावनी मिली, "एक भी छात्र नहीं मिलेगा!

किसी हिन्दी भाषी प्रदेश में प्रयास करो।" और मैंने एक बार पुनः उन्हें अनसुना कर दिया।

मैं अतीत भ्रमण में व्यस्त थी कि तभी दूर कहीं खिड़की बंद होने की आवाज़ हुई। और मैं वर्तमान में लौट आई। मैं जब उठी, वह अवस्था कुछ ऐसी-सी थी, जैसे जो कुछ बीता, वह बस अभी-अभी ही मुझ पर से होकर निकला हो। तभी मैंने सुना, फ़्लाइट इंदौर पहुँच गई है।

घर के गेट पर मुझे शुभम खड़ा दिखा। मुझे देखते ही वह मेरे निकट आया और गले लगकर रो पड़ा। दीदी का एक साल का बेटा जीजाजी की गोद में सो रहा था। वहाँ उपस्थित परिचितों, अपरिचितों और रिश्तेदारों का रेला मुझे घूरने लगा। एक किनारे अभिनव भी मौन खड़ा था। और बिलकुल मध्य में भूमि पर पापा का शरीर था, फूलों के बोझ से दबा हुआ। वहीं पास में कावेरी दीदी के कंधे पर सिर रखे माँ बैठी थी।

मैंने स्वयं को शुभम से विलग किया और पापा के निकट आकर बैठ गई। मेरी नज़रें माँ और दीदी से मिलीं और मन में एक विचित्र प्रकार का प्रश्न उठा। अब तो मुझे रोना ही होगा लेकिन मैं नहीं रोई। मेरी आँखें बंजर हो गई हैं, अब वहाँ अश्रु के फूल नहीं खिल सकते। मैं शून्य भाव से उनके चेहरों को देखती रही।

तभी फुसफुसाहट आरंभ हो गई। प्रायः ऐसे मौकों पर प्रलाप विक्रेताओं का कार्य बढ़ जाता है। उनके कंधों पर ही कथानक को आगे बढ़ाने का भार जो होता है। यूँ तो लोग मर्मरध्वनि में प्रलाप करते हैं किन्तु अपना स्वर इतना तेज़ तो रखते ही हैं कि आसपास वाले भी उनकी इस मुफ़्त सेवा का लाभ उठा सकें। अतः मैंने भी कुछ प्रलापों को स्पष्ट सुना, जैसे...

"अपने पिता की विरासत को कृष्णा ने ही आगे बढ़ाया। प्रोफ़ेसर पापा की प्रोफ़ेसर बेटी!"

"सुना है प्रोफ़ेसर साहब जान छिड़कते थे इस पर, तभी तो इतनी छूट दे रखी थी। कभी शादी का दबाव नहीं बनाया। अब तो बुढ़िया हो गई!"

"अरे इसी लड़के के साथ तो चक्कर चल रहा है इसका... सफ़ेद कुर्ते वाला। इसके पीछे-पीछे यहाँ तक चला आया।"

"इतना प्यार है, तो शादी क्यों नहीं कर लेते! कैसी बेशर्मी है! राम! राम!"

"लड़का नीची जात का है, तभी तो प्रोफ़ेसर साहब नहीं माने। यही दुःख तो इनकी कुसमय मौत का कारण बना। वरना यह कोई इनके मरने की उम्र थी! अभी तो दो साल नौकरी भी बाक़ी है।"

"पर मैंने सुना है इन्हें डायबिटीज़ थी। बीपी लो हो जाने के कारण हार्ट फ़ेल हो गया!"

"अरे! यह सब कहने की बात है। इसी बेटी ने खा लिया अपने बाप को। तू ही बता, अच्छे घर की लड़कियों जैसे लक्षण हैं क्या इस लड़की के?"

धीरे-धीरे मेरे कान बंद हो गए और मन के स्मृतिपटल पर बाल्यकाल की बहुत-सी स्मृतियां आगे होते हुए जाने लगीं किन्तु उन स्मृतियों में जैसे माधुर्य-तत्त्व बिलकुल नहीं था। सभी चित्र घूम-फिरकर फिर एक बिन्दु पर केंद्रित हो जाते कि पापा मेरे नीचे पड़े हुए शरीर को पैरों से ठोकर मारते हुए कह रहे हैं कि मेरी बेटी मूर्ख है! कि विवाह के अतिरिक्त इसका कुछ नहीं हो सकता! कि यह कुलबोरनी है!

किन्तु मुझे रोष नहीं आता। क्यों? क्या मैंने पापा को क्षमा कर दिया? किन्तु मुझे याद नहीं पड़ता कि कभी अनजाने में भी मैंने ऐसा कुछ सोचा हो! संभव है मेरा मन, जो अब नहीं है, उसके प्रति आने वाली

बुरी भावना को रोक देना चाहता हो। अपने इस उत्तर से असन्तुष्ट हो मैंने शव के चेहरे पर अपनी आँखें टिका दीं।

पिताओं के चेहरे भिन्न होते हैं, पर पितृत्व का चेहरा, वात्सल्य की प्रतिलिपि होता होगा, जो संसार के सभी पिताओं के मुख को एक समान बनाता होगा अथवा बनाना चाहिए किन्तु इस चेहरे में मुझे वह क्यों नहीं दिखा?

मैंने देखा, मेरे सीने से एक जुगनू निकलकर शव के चक्कर काटता रहा। एक चक्कर, दो, फिर तीन, और फिर शून्य में कहीं गुम हो गया। मुझे अबद्धता का अनुभव हुआ।

मेरे सामने रखा यह शव तो मेरे लिए सदा शव ही रहा। एक साँस लेता भावनाशून्य मुर्दा और तब मुझे समझ आया कि आज मैं मिथ्या से मुक्त हुई। अब कोई दिखावा नहीं!

मैंने सुना शुभम को कहते हुए, "दीदी! कल अचानक ही वॉक से लौटते समय पापा..."

"नहीं... नहीं... नहीं! मेरा कोई पिता नहीं!" मैं चीखी और और यकायक हँस पड़ी। पहले मूक बरसते मेह के समान, फिर शनैः शनैः बढ़ती पिन्जर को हिला देने वाली वृष्टि की तेज़ चीत्कार के समान।

केशकर्षिता

बाँके बिहारी मंदिर की दिशा में जाने वाली उस गली के सामने खड़ी भीड़ के विश्रृंखल पुंजीभूत कोलाहल के कुछ पहले मैं खड़ी थी।

मैं बोस्टन के एक विख्यात अंग्रेज़ी चैनल के लिए डॉक्यूमेंट्री लिखती हूँ। मेरे शरीर रूपी वन में विचरती आत्मा को शिक्षण के पश्चात कार्यक्षेत्र भी यायावर का प्राप्त हो गया था। यों कहा जा सकता है कि इस काम ने मेरे तीस वर्ष के जीवन के मूल तथा मेरे आत्मा अंश जो कि अदृश्य रहता है, को स्थायित्व प्रदान किया था।

वास्तविकता में मैं एक यात्रिणी हूँ, जो एक ऐसे प्रवास पर है, जिसका कोई गंतव्य नहीं! मेरे पास मन की एक डायरी है, जिसके पन्नों पर सुबह की ज़र्द क़लम से एक पहेली लिखती हूँ, फिर इस पहेली को सुलझाती रात की स्याह क़लम से एक नई पहेली रच लेती हूँ। सोते पहाड़, जंगली नदी-नाले, झाड़-झंखाड़, आवारा झरने, निर्जन खंडहर, मूर्ति-विहीन मंदिर, उन सबमें और मुझमें एक समानता थी, हम सभी अधूरे थे। हम में कुछ भी नयापन नहीं था लेकिन फिर भी हम तृप्त थे। मेरा जिज्ञासु मन मुझे नित नवीन यात्राओं पर ले जाता, जो मेरा काम भी था और विश्राम भी।

जिज्ञासा एक ऐसा चिकना तथा दबानुकूलित भाव है कि उसमें मनुष्य किसी घटना, स्थान अथवा व्यक्ति के प्रति स्वयं के ही ध्यानाकर्षण के लिए एक भिन्न, विशिष्ट प्रयत्न करता है। इस बार मेरे मस्तिष्क में जिज्ञासा के बीज का प्रस्फुटन, कृष्ण भक्त संत कवयित्री मीराबाई तथा वृंदावन के चित्तरंजक प्रसंग को पढ़ने के बाद हुआ। इस बीज के

विकसन हेतु सारवत्त खाद तथा पानी की खोज ही मुझे वृंदावन ले आई थी।

प्राकृतिक छटा बिखेरती कृष्ण की यह लीलास्थली तीन ओर से यमुना द्वारा घिरी हुई थी, मानो वृंदावन अपनी माँ की गोद में बैठा व्योम को निहार रहा हो। कुछ दिनों पूर्व ही मधुमास का प्रस्थान हुआ था तथा अभी ग्रीष्म ने सिर मोड़कर नगर को निमिष-भर ही देखा था। अतः मौसम भला था। यहाँ का कण-कण राधेमय था। हैलो, हाय अथवा नमस्कार के अभ्यस्त कानों में जब अभिवादन स्वरूप राधे-राधे पड़ता, तो क्षण भर को वातावरण संगीतमय हो उठता।

मैं स्वभाव से फिरन्ता (घुमक्कड़) तथा एकांतप्रवासी हूँ। जहाँ के लिए भी निकलती हूँ, उस स्थान की अधिकतम सूचना एकत्रित करने का प्रयास करती हूँ। जहाँ तक संभव हो उस प्रदेश के स्वाभाविक तथा अपरिष्कृत जनसमूह के मध्य फिरकर अपनी लेखनी को प्रवाह देती हूँ। राहुल सांकृत्यायन के समान ही घुमक्कड़ी मेरी वृत्ति से बढ़कर धर्म बन गई थी। अतः मैं जब दो दिन पूर्व यहाँ पहुँची, तो घूमने के लिए होटल से गाड़ी तो ले ली किन्तु गाइड लेने से मना कर दिया था। मैंने दो दिन की घुमक्कड़ी में एक बूढ़े चाचाजी को खोज लिया, जो पिछले चालीस दशक से गाइड का काम करते थे। आज भी उनके साथ ही बाँके बिहारी मंदिर आई थी, जहाँ से मुझे मीराबाई से संबंधित जानकारी प्राप्त करनी थी।

"यहाँ से दर्शन नहीं होंगे, अंदर चलना होगा।" मेरे पैर रुके थे, मन नहीं। वह तो अब भी विचारों के पुष्पक विमान पर सवार उड़ा चला जा रहा था। चाचा आवाज़ न देते, तो न मालूम मैं कब तक उड़ती रहती।

"दर्शन भी कर लेंगे, पहले उस मकान में चलते हैं, जहाँ मीराबाई ठहरी थीं।"

"भई, ये ही अच्छा है। आराध्य से पहले आराधक के दर्शन ही श्रेष्ठ हैं।"

अगले ही पल हम उस संकरी गली के भीतर थे। मेरे पैरों ने ज्यों ही उस भूमि का स्पर्श किया, मेरा संदीप्त मन बद्ध-जिह्व हो उस कालखंड में पहुँच गया, जब इस मार्ग पर मीराबाई चली होंगी। मेरा व्याकुल मन भूमि पर उनके पदचिन्ह तलाशने में व्यस्त था, जब कानों में गाइड के शब्द पड़े, "यहाँ, इस गली में।"

हम अभी भी मंदिर से थोड़ी दूरी पर थे। चाचा ने दाहिनी दिशा में स्थित एक बंद गली की तरफ़ इशारा किया था।

मैंने अत्यंत विस्मय के स्वर में पूछा था, "यहीं पर?"

"हाँ यहीं, फ़ौरन!" इतना कहकर वह आगे बढ़ गए। मैं भी चुपचाप उनके पीछे चल पड़ी।

अभी गली में मुड़े ही थे कि उस अचल, वलक्ष तथा दीर्घायु भवन की उनींदी दृष्टि मेरी दृष्टि से जुड़ गई थी। वह न जाने कब से यहीं खड़ा था। उसकी चौखट के भीतर प्रवेश करते समय मुझे अजनबीपन के स्थान पर आत्मीयता का अनुभव हुआ। भीतर आने पर ही पता चला कि मकान दो मंज़िला था। ऊपर भी एक मौन विश्राम कर रहा था। न मालूम कितने सावन इसकी छत पर बरसे होंगे, न जाने कितनी बार हेमंत के आने पर शिशिर के भावी कष्टों की चिंता में इसकी धवल दीवारें पीली पड़ी होंगी, न जाने कितनी बार वसंत में, रंगरेज़ पुष्पों के परिमल से इसकी बगिया रंगीन हुई होगी। मेरे हाथ यकायक उसकी दीवारों पर फिरने लगे थे, जैसे दीवारों में दबे मीरा के स्पर्श को छू रहे हों। तभी जूही के परिमल से सुरभित समीर मुझे रोमांचित कर गई थी। जाने किस जादू के वशीभूत मेरे नेत्र ऊपर की दिशा में चले गए थे।

वहाँ एक स्त्री खड़ी थी। मेरी तरफ़ पीठ होने के कारण मैं उसका चेहरा नहीं देख पाई किन्तु उसके स्याह लंबे केश हवा में नृत्य कर रहे थे। सहसा मुझे लगा जैसे मैं एक कृष्णा-समुद्र के मध्य में खड़ी हूँ।

वह मानवी थी या दानवी, यह मैं सोच ही रही थी कि वहाँ के संचालक ने मेरे उन्माद के वेग पर प्रहार करते हुए कहा, "आप ऊपर क्या देख रही हैं?"

"वह ऊपर!"

"कृपा कर ऊपर न देखें! वहाँ विधवा माता-बहनों का निवास है। उनकी शांति भंग न करें।"

मैंने चाहा कहूँ, "वह जो खड़ी है, क्या वह मनुज है!" पर जब ऊपर देखा, तो वहाँ कोई नहीं था। अतः कुछ पूछना निरर्थक ही था। उन दीवारों पर अपना प्रेमिल स्पर्श छोड़कर मैं मंदिर की दिशा में चल पड़ी थी।

पहली बार ऐसा हो रहा था कि मेरा मन मुझसे द्रोह कर रहा था। मेरे पैर मंदिर की दिशा में अग्रसर थे परंतु मेरा अंतरतम उस केशकर्षिता के प्रत्यवलोकन के लिए विगलित हो रहा था। बाँके-बिहारी के दर्शन के उपरांत मैंने वहाँ रहने वाले लोगों से प्रश्नोत्तर आरंभ कर दिया। मैं प्रश्न पूछती गई, वे उत्तर देते गए। उनके उत्तरों में कुछ भी नवीन नहीं था। वही सब, जो मैं पहले से जानती थी। कोई विस्मय नहीं, कोई उत्कंठा नहीं तथा न ही औत्सुक्यजनक कोई चर्चा।

मेघागम के पश्चात भी जब वर्षा न हो, तो मन व्यथित हो जाता है। अतः उस शाम जब मैं होटल लौटी, तो मन विकलित था। मन को शांत करने हेतु मैं लैपटॉप खोलकर बैठ गई किन्तु जब भी मीराबाई का ध्यान करती, नेत्रों के समक्ष काले केश बिखर जाते। उस रात कुछ काम न हो पाया।

अगला एक हफ़्ता भ्रमण, मीमांसा तथा प्रतीक्षा में व्यय हो गया। थोड़ा-बहुत लिखा भी गया परंतु मन अशांत ही रहा। इस परिताप का कारण था। यूँ तो मेरे अन्वेषण हेतु मेरे पास काफ़ी समय था। संभवतः

मैं काम समाप्त भी कर लेती परंतु मुझे ऐसा प्रतीत हो रहा था, मानो मैं मंदिर में एक खंडित मूर्ति की स्थापना का प्रयास कर रही हूँ! शोध का परिणाम, मुझे संतुष्ट नहीं कर पा रहा था। इस प्रशांतचित्त मन से पार्थक्य हेतु मैंने एक दिन का अवकाश लेने का सोचा और यमुना के तट पर चली आई।

वह सुबह बादलों के बरसकर चले जाने वाली सुबह थी। वृक्षों के सिक्त पत्ते अब भी काँप रहे थे। वारिदमाला ने व्योम को घेर अवश्य रखा था किन्तु बरसने की इच्छा संभवतः कुछ क्षण के लिए टाल दी थी इसलिए दिनकर की प्रतीक्षा आज पूरी होती नहीं लग रही थी। सोमवार होने के कारण चीर घाट पर उस दिन भीड़ कम थी। मैं बादलों में किसी आकृति को बनाने का असफल प्रयास कर ही रही थी कि एकाएक अपने कंधे पर किसी के हाथ का दबाव महसूस किया। मैं बैठे-ही-बैठे पीछे पलटी और फिर यकायक जैसे मेरे पीछे जलधारा का संगीत शांत हो गया।

आज उसने केशों को बाँध कर जूड़ा बनाया हुआ था। उसकी आयु 40-45 से अधिक नहीं लग रही थी। गुलाबी रंग की साड़ी और माथे पर छोटी गुलाबी बिन्दी। कानों में सफ़ेद मोती के टॉप्स और गले में सफ़ेद मोतियों की माला से उसका गौर वर्ण और आलोकित हो रहा था। उसके शरीर में लावण्य की दमक थी, मुख पर सौन्दर्य की आभा थी, होंठों पर एक गुम मुस्कान थी किन्तु आँखें! उनमें अनुराग, प्रेम, प्रतीक्षा, करुणा, विराग तथा पीड़ा थी। वह कहीं से भी वहाँ रहने वाली विधवाओं जैसी नहीं दिख रही थी। फिर उस दिन, वहाँ ऊपर वह कैसे और क्यों थी!

मैं क्षण भर उसी को देखती रही। तब भी, जब वह मेरे समीप बैठ गई। किन्तु वह कुछ बोली नहीं। मैंने ही मौन भंग किया, "आप यहाँ!" कोई उत्तर नहीं मिला। मैंने फिर पूछा, "आपका नाम जान सकती हूँ?"

उसने धीरे-धीरे कहा, मानो शब्दों को व्यय न करना चाहती हो, "मैंने सुना था तुम मीराबाई और पुरोहित के प्रसंग पर कुछ शोध कर रही हो!"

मैं सोच में पड़ गई। इस स्त्री की मुझमें अथवा डॉक्युमेंट्री में अभिरुचि मेरी समझ से परे थी। इसमें संदेह होना तो साफ़ था, क्या जाने, विश्वास प्राप्त करने का शायद उसका यह ढंग हो, पैसे-वैसे ठगने आई हो, संभल कर बात करनी होगी।

मैंने उपेक्षा से कहा, "आप साफ़-साफ़ कहें, बात क्या है?"

वह बोली, "बात यह कि उस प्रसंग पर लोगों ने बहुत कुछ लिखा है किन्तु कोई मीराबाई, एक स्त्री को न पढ़ पाया और न समझ पाया। उनके कहे के पीछे के अनकहे को कोई नहीं पढ़ पाया। न मालूम क्यों मुझे लगा, तुम कानों से नहीं रूह से सुनोगी!"

मैं क्षण भर को असमंजस में पड़ गई।

मेरे मौन को देखकर उसने व्यंग्योक्ति की, "कहीं मीराबाई पर लिखना छोड़कर, कृष्ण द्वारा यमुना में स्नान करती हुई गोपियों के वस्त्र चुराने पर तो लिखने का नहीं सोच रही!"

इतनी देर में उसकी आँखें पल भर को भी मुझसे नहीं हटी थीं। मुझे ज्ञात हो रहा था, मानो वह मेरे अंतरतम विचारों को भाँप रही हो।

पहले तो मुझे उसकी उच्छृंखलता पर क्रोध आया। सोचा, इसे क्या पता होगा? इसे कह दूँ चली जाए किन्तु फिर स्वयं की अहमन्यता पर ग्लानि-सी हुई। संकोच में मात्र इतना कह पाई, "कहें, मैं सुनूँगी!"

वह मुझे देखती रही, मानो मेरी बात उसने सुनी ही न हो। थोड़ी देर देखकर बोली, "गीता में श्रीकृष्ण ने कहा है, यह संसार या कि कहें प्रकृति स्त्री है और परमात्मा ही एकमात्र पुरुष है। वही प्रकृति में बीज

की स्थापना करके सृष्टि चक्र का संचालन करते हैं इसलिए स्त्री और पुरुष का भेद करना मूर्खता है। मृत्यु के बाद स्त्री हो अथवा पुरुष सभी लिंग भेद से मुक्त हो जाते हैं। विडंबना देखो, जिस कृष्ण ने ऐसा कहा था, उसी कृष्ण के मंदिर में धर्म के ठेकेदारों ने स्त्री के प्रवेश को निषेध कर दिया था। उनके अनुसार, स्त्री अर्थात वासना, अपवित्रता। अपनी धर्मांधता में उन्हें कृष्ण के वाम पार्श्व में बैठी स्त्री, राधा-रानी भी नज़र न आईं। स्त्री उनके लिए मात्र भोग्या ही थी। तभी तो वे भूल गए कि इस वृंदावन में मात्र एक पुरुष है, कान्हा और अन्य सभी उसकी सखियाँ। ध्यान न रहा कि आत्मिक प्रेम एकमात्र सत्य है। उन मूर्खों को मीराबाई में सखी नहीं, स्त्री नज़र आई। उन्हें भक्ति के स्थान पर स्त्रियांग दिखा।

मीरा ने मंदिर में प्रवेश करते ही उस पुरोहित की भक्ति और आराधना पर प्रश्न उठाया। उन्होंने हर वह प्रश्न उठाया, जिसे पुरुषसत्तात्मक समाज नकारता रहा था। पुरुष जिस मंदिर में एक स्त्री को देवी बनाकर पूज रहा था, उसी मंदिर में अन्य स्त्रियों का प्रवेश निषेध था। मीरा ने स्त्री तथा पुरुष के इस विभेद को मात्र चुनौती ही नहीं दी, वरन इसके अस्तित्व को ही नकार दिया। उनका स्पष्ट मत था कि मनुष्य एक-दूसरे को स्त्री, पुरुष अथवा विपरीत लिंगी के स्थान पर सखा देखें। उस दिन मीराबाई के तर्कों के समक्ष नतमस्तक होकर मंदिर से सभी प्रतिरोध हटा दिए गए किन्तु, समाज में आज भी लिंग के आधार पर असमानता व्याप्त है। जिस दिन समाज से लिंगाधारित असमानता विलुप्त हो जाएगी, समानता स्वयं आ जाएगी। देखो ना, आज भी इस देश में पुरुष होना, स्वयं में एक उपलब्धि है। आजकल सभी नारीवाद तथा स्त्री सशक्तिकरण पर चर्चा करते है परंतु मेरे मत में मीराबाई का सम्पूर्ण जीवन स्वयं में स्त्री स्वातंत्र्य की परिभाषा है!"

उसे शांत देखकर मैंने पूछ लिया, "क्या है स्त्रीवाद की परिभाषा?"

"मीराबाई के शब्दों में कहूँ, तो परस्पर सखीभाव रखना है स्त्रीवाद। किन्तु, इसके लिए स्त्री को स्त्रैण के साथ सुप्त पौरुष को भी जागृत करना होगा। इतना ही नहीं, स्वाध्याय द्वारा स्वाधिनी बनना होगा। वहीं पुरुष को पौरुष के साथ अपने अंतर्मन में सुप्त स्त्रैण को भी जागृत करना होगा! ऐसा होते ही समाज में समभाव स्थापित हो जाएगा।"

मैंने आज से पूर्व स्त्रीवाद के पक्ष तथा विपक्ष में बहुत कुछ पढ़ा तथा सुना था। इतना ही नहीं, कुछ दर्पोक्तियों को सम्मानित होते हुए भी देखा था। किन्तु इस ओजस्वी वक्ता ने इतनी सरलता से दोनों पक्षों को जीत लिया था। आज जाना सरलता इतनी अथाह, इतनी गहन हो सकती है। मैं मुग्ध होकर उसे देखती रह गई थी। ठीक उसी समय मैंने यह भी जाना कि मेरे मनोकाश में आच्छादित संभ्रम के मेघ छंट गए थे। इसी समय मंदिर की घंटी बजी टन! टन! वह चौंककर उठी और बोली, "बहुत देर हो गई, अब मैं जाती हूँ!"

न मालूम कैसे और क्यों मैंने उसकी हथेली थामकर कहा, "क्यों! थोड़ी देर अपनी इस सखी के पास रुक नहीं सकतीं!" इतना कहने के बाद मैं स्वयं झेंप गई थी।

वह कुछ हँसी, फिर बोली, "सखी! तुम्हारी-सी उम्र का बेटा है मेरा!"

मैं उसे देखती रह गई।

मैंने रुक-रुककर कहा, "बुरा न मानें, तो एक व्यक्तिगत प्रश्न पूछ सकती हूँ?"

"पूछो।"

"आप यहाँ क्यों हैं? यहाँ तो... आपकी उम्र भी अधिक नहीं लगती! फिर इतना बड़ा बेटा!"

"अरे-अरे इतने सारे प्रश्न! चलो आरंभ परिचय से करते हैं। मेरा नाम केशा है। तुम्हारा काम तो जानती हूँ, नाम क्या है?"

उसका नाम सुनते ही मेरी दृष्टि उसके केशों पर चली गई, जिसे उसने भी पकड़ लिया था। तभी हँसते हुए बोली, "तुम सही हो। जन्म के समय मेरे माथे पर घने केश देखकर ही बाबा ने मेरा नाम केशा रखा था। यह तो बहुत वर्षों बाद मुझे पता चला कि केशा नाम का शब्दिक अर्थ बेहद खुशी अथवा दयालु होता है।"

उसके इतना कहते ही इस बार हम एक साथ हँस पड़े थे। इसके साथ ही हमारे मध्य से अजनबीपन की गंभीरता समाप्त हो गई। मैंने अपना परिचय थोड़ा रुककर दिया।

"मेरा नाम सुवर्ण है।"

"आशापूर्णा देवी की सुवर्णलता!"

"बिलकुल सही! मेरी माँ की प्रिय।"

"तुमने पढ़ी है यह पुस्तक?"

"जी! उस समय के लिए क्रांतिकारी पुस्तक थी।"

"तुम्हें क्या लगता है, आज समाज प्रगतिशील हो गया है?"

"अतीत की तुलना में तो अवश्य! महानगरों में तो..."

उसने मेरी बात को काटते हुए वेदना के स्वर में कहा, "बाह्य-आवरण मनमोहक है, अंतरतम तो आज भी घायल है।"

मैं स्तब्ध हो गई थी, कुछ कह ही नहीं पाई। इस स्थान पर असंख्य स्त्रियों की दयनीय उपस्थिति, समाज की प्रगति का स्तंभित रूप था।

एक क्षण मौन चुप रहा।

फिर उसने कहना आरंभ किया, "मेरे निर्धन परिवार में सुंदर कन्या का जन्म सुख कह सकते थे। निर्धन के घर की सुंदरता सदा विक्रय होती है। मैं जिस सरकारी स्कूल में प्रतिवर्ष अव्वल आती थी, उस स्कूल की टीचर मैडम को भी मेरा भविष्य ज्ञात था। घर की रिक्त हाँडी को भरने में मेरी मेधा निरर्थक थी किन्तु मेरा शरीर मूल्यवान था। सुदूर किसी बड़े शहर में एक धनाढ्य परिवार को गर्भाशय की तलाश थी। यहाँ एक दरिद्र परिवार को अपनी सुंदरी पुत्री के गर्भाशय के लिए ऊँची बोली की प्रतीक्षा थी। दलाल ने दोनों की ही समस्या का समाधान किया। फिर क्रेता तथा विक्रेता के मध्य सार्वजनिक समझौता होने के पश्चात, मेरे घर की मंडी में विवाह-व्यापार सम्पन्न हुआ। वह जो भी था, बाल-विवाह अथवा बाल-उत्पीड़न तो नहीं था, हो ही नहीं सकता। क्योंकि जो सम्पन्न हुआ, उसे समाज तथा कानून का प्रश्रय प्राप्त था। और बाल-विवाह तथा बाल-उत्पीड़न तो सामाजिक तथा कानूनन अपराध थे। तो फिर वहाँ क्या हुआ था? एक बारह वर्षीय पशु को साठ वर्षीय कसाई के हाथों बेच दिया गया था। पशु, निर्धन, वस्तु और ज़मीन, बिकने के अधिकारी!

मेरे पति श्री विनायक कुमार समाज में प्रणम्य थे। अब उसका कारण धन और उससे प्राप्त बल था, तो भी क्या! यह विवाह उनकी आवश्यकता नहीं, बाध्यता थी! यह बात उन्होंने नहीं, उनकी पहली पत्नी आभा देवी ने मुझे समझाई थी। बेचारी! वह मुझे नहीं, स्वयं को स्पष्टीकरण दे रही थी। वहाँ उपस्थित जनसमूह उनकी आत्मदैन्यता पर म्लान होने का आडंबर मात्र भी नहीं कर रहा था। उन्होंने कुछ दो-तीन वर्ष पूर्व अपने दो युवा बेटों को काल का ग्रास बनते देखा था। सुहाग के विभाजन ने उस पीड़ा को बढ़ा दिया था किन्तु वह यह भी जानती थी कि वंश-बेल के बीज को अंकुरित होने हेतु ऊपजाऊ भूमि की आवश्यकता थी, बंजर नहीं।

कितनी सुगमता से यह पितृसत्तात्मक समाज पुरुष को भोक्ता तथा स्त्री को भोग्या बना देता है! कभी सुना है कि यदि पति संतान प्राप्ति

के लिए अक्षम हो, तो पत्नी ने दूसरा विवाह कर लिया हो! इतना ही नहीं, फिर दोनों पति अपनी पत्नी के साथ सुखपूर्वक रहे हों! ऐसा सोचना तो छोड़ो, महाभारत काल में तो पुरुषों ने अपनी अक्षमता का भी उपाय नियोग में ढूँढ़ लिया था। अपनी पत्नी को दूसरे पुरुष से संबंध स्थापित करने के लिए बाध्य करते। फिर भी पत्नी और संतान, दोनों पर उनका ही स्वामित्व रहता। हो भी क्यों ना, स्त्री भूमि ही तो है! भूमि जिसकी, फसल भी उसकी। बीज देने वाला स्वामी तो नहीं हो सकता ना! देखो, कितनी चतुराई से पुरुषों के मध्य यह संबंध स्थित हो गया था। किसी ने स्त्री की इच्छा पर विचार ही नहीं किया। चलो, आज के समय यह तो नहीं है किन्तु जहाँ आज भी समाज को एक राजा की दो रानियाँ स्वीकार्य हैं, एक रानी के दो राजा होना घृणित है!"

क्षण-भर व्योमधारा में प्लावित होने के बाद उसने फिर कहना शुरू किया, "जब स्त्री विद्रोह नहीं करती, प्रश्न नहीं करती, वह पीड़ा हो जाती है, स्वयं से अधिक दूसरों के लिए। उस रात आभा देवी ने अपनी पीड़ा का कलश मेरे अपरिपक्व स्कंधों पर रख दिया था। मुझ पर उस रात जो बीती, उसकी शाब्दिक अभिव्यक्ति संभाव्य नहीं है। अतः मैं शब्दाडंबर भी नहीं करूँगी। मात्र यह समझ लो कि एक बाल शरीर जितना झेल सकता है तथा एक वयस्क पुरुष शरीर जितना भोग सकता है, हम दोनों ने ही उस सीमा को पीछे छोड़ दिया था।"

"फिर अगली रात, उसके अगली, और फिर हर रात! वह नित्यक्रम हो गया था। वह नहीं रुके! मैं मर गई! वह एक निष्प्राण शरीर को नोचते रहते। उस दौरान मुझे पीड़ा तो छोड़ो, साँसों के चलने तक का अनुभव होना बंद हो जाता था। फिर एक दिन मेरे जीवनरात्रि के अंधकार में कुछ परिवर्तन हुआ, उषा तो नहीं हुई किन्तु उसका रंग कुछ सफ़ेद अवश्य हुआ। मैं माँ बनने वाली थी। मेरी आयु को देखते हुए डॉक्टर ने शिशु जन्म तथा उसके पश्चात के कुछ वर्ष आराम की सलाह दी। अतः मेरे गर्भ की रक्षा हेतु मेरे पति ने मेरा उपभोग करना छोड़ दिया।

कहना न होगा, रात के भय के समापन के साथ ही मैंने दिनों में जीना आरंभ कर दिया। नियत समय पर प्रतीक का जन्म हुआ। एक बालिका से स्त्री बनने की मेरी आत्मिक यात्रा अभी शेष थी और उससे पहले ही मैं माँ बन गई।"

"पर ईश्वर की माया का सबसे अच्छा प्रमाण है मानव-हृदय में वात्सल्य का जन्म। फिर मैं कैसे इस अनुभूति से अछूती रहती। वैसे तो यह मेरे लिए आकस्मिक ही था किन्तु अपने बच्चे के साथ अपना बालपन पुनर्जीवित होते ही यह आकस्मिकता पुरानी हो गई थी। मेरे जीवन के वे डेढ़-दो वर्ष मायिक थे!"

मेरे मुँह से अकस्मात निकल गया, "प्रतीक के कारण!"

"हाँ, वह बात तो थी ही लेकिन एक और बात थी। और उस बात का नाम था नीलेश! आभा दीदी के भाई का बेटा!"

मैं बहुत ध्यान से सुन रही थी। ऐसी कहानी मैंने कभी नहीं सुनी थी, पढ़ी भी नहीं थी। मैंने व्यग्रता से पूछा, "फिर!"

"नीलेश कोई कोर्स करने हमारे घर आया था। आरंभ में उस युवक से मेरी साधारण औपचारिक बातें ही होती थी किन्तु वह मौन बैठा चंचल दृष्टि से दीवार पर लगे चित्रों के बहाने मुझे देखता रहता। धीरे-धीरे मेरी दृष्टि ने उसकी यह चंचलता पकड़ भी ली थी। मुझे क्रोधित होना चाहिए था लेकिन आश्चर्य, मुझे उसका यूँ देखना अच्छा लगने लगा। मैंने उसकी आँखों में जो कुछ पढ़ा, वह बहुत कुछ जाना-पहचाना था। मैं जानती थी कि मैं आकर्षक हूँ। अपने पति के नेत्रों में मैं अपने लिए प्रशंसा तथा क्षुधा देखती रहती थी किन्तु नीलेश की दृष्टि में मात्र प्रशंसा अथवा क्षुधा न थी। जो कुछ उसमें था, वह मेरे लिए नवीन था। मुझे देखकर नीलेश के चेहरे पर ऐसी मुस्कान आती, जैसे उसे कोई निधि मिल गई हो।"

"मैंने अपने मन को समझाकर, दुनिया की आँखों से छिपाकर जिस सत्य को दबाकर रखा था, वह अब बाहर आने के लिए उद्विग्न हो गया। कामेच्छा को समझ पाने जितनी बुद्धि तो तब भी नहीं थी किन्तु बलात भोगने के स्थान पर कोई मुझसे प्रेम की भिक्षा माँग रहा था, मेरे लिए यह अनुभव भी कम उत्तेजक नहीं था। हमारे मध्य मानसिक निकटता के साथ शारीरिक सामीप्य भी आया। मैंने बहुत कुछ जाना और बहुत कुछ अनुभव किया। पुरुष नाम की पहेली को मैंने हल कर लिया था। हम एक मित्र की तरह अलग हुए। हमारे रिश्ते का परिणाम पहले से नियत था। उसके बाद हम फिर कभी मिले भी नहीं किन्तु उस मित्रता की स्मृति मेरे अंतर्मन में प्रदीप्त रही, सदा!"

वह सोच में डूब गई थी। उसके मुख पर अपने में डूबा-सा जो भाव था, उससे मुझे अकुलाहट हुई। मेरे मन में यह जानने की तीव्र जिज्ञासा भी हुई कि वह क्या सोच रही थी।

तभी वह बोली, "तुम सोच रही होगी कि यह मैं कैसी बात कर रही हूँ! किन्तु दलदल में जीवित रहने के लिए कीचड़ को भोजन के रूप में ग्रहण करना ही पड़ता है। अतः अपने आदर्श की पूर्ति के लिए जो बात सबसे लाभप्रद थी, वह मैंने की। मेरे पति की दुर्वासना, उसकी कमज़ोरी थी, जिसे मैंने अपना हथियार बनाया। मेरे जिस यौवन तथा सौन्दर्य का दोहन अब तक मेरे पति ने किया था, मैंने उसका ही उपभोग अपने प्रयोजन की पूर्ति के लिए करना आरंभ किया। मैंने शयनकक्ष की लगाम अपने हाथ में ले ली। इसका परिणाम भी मुझे शीघ्र प्राप्त हुआ। मेरे पति मेरी पढ़ाई पुनः आरंभ करने के लिए मान गए थे। शिक्षा आपको समाज और सोच की एक नई दृष्टि से देखने का नज़रिया देती है। विद्योपार्जन ने मेरी बुझी हुई अंतर्ज्योति को जागृत कर दिया और मैं प्रश्न करने लगी। मैं द्रोही हो गई थी। कैसा घोर परिवर्तन था! मेरी आत्मा की पीठ पर पंख उग आए थे।"

"समय के साथ मैं शिक्षा के सोपान चढ़ती गई। बीएड किया। एमएड भी किया। यह बात दूसरी है कि स्कूल में नौकरी करने के लिए एक युद्ध लड़ना पड़ा था। मैं ज्वालामुखी की आग में जलकर कठोर स्याह पत्थर बन गई थी। आँधी आती और चली जाती, मैं किसी वृक्ष की शाखा होती, तो ज़रूर टूटती पर मैं तो पहाड़ हो गई थी।"

"किन्तु एक दिन पहाड़ पर बिजली गिरी। हृदयाघात से मेरे पति की मृत्यु हो गई थी। कितना हास्यास्पद है न, हृदयहीन की हृदयघात से मौत। मेरी जीवनसरिता में मानो बाढ़ आ गई। बाढ़ का पानी तो उतरना ही था, सो उतरा किन्तु उतरने से पूर्व मुझमें सड़ांध छोड़कर जाने लगा। कैसी विडंबना है। समाज इस सड़ांध को मेरा परिचय बनाना चाहता था। मृत्यु तो मेरे पति की हुई थी लेकिन चिता पर मेरे मन को भी जलना था। मैं समझ रही थी कि भविष्य में मेरा जो सत्कार होगा, यह उसका पूर्वाभास था। मेरे जीवन से मेरे बचपन की विदाई का निर्णय करने वाला समाज पुनः मेरे जीवन से रंगों को दूर करने का निर्णय ले रहा था किन्तु अब मैं निर्बल नहीं थी। मैंने इस कठोर अभिशाप को दुत्कार दिया।"

"इस विचित्र अन्याय की रचना कैसे हुई होगी! ज़रा सोचो तो! कैसे पुरुष इतना स्वार्थी हुआ होगा! इतनी सुभीता से उसने स्वयं को स्त्री से ऊपर स्थान दे दिया। क्यों नहीं वह स्त्री को समान समझ पाया! इस धरती को छोड़ने के पश्चात भी पुरुष स्त्री पर अपने स्वामित्व को क्यों नहीं छोड़ पाता! उसे क्या भय था! इसका उत्तर सदा सुहागन, सिंदूर, बिछुआ, सती इन शब्दावलियों में मिल जाता है। इन शब्दों को स्त्रियों के मस्तिष्क में एक रेगुलर डोज़ के रूप में शैशवकाल से डाला जाता है और फिर एक दिन यकायक पति की मृत्यु के पश्चात उससे यह सब कुछ बलात छीन भी लिया जाता है। वह बेचारी तो यह निर्णय भी नहीं ले पाती कि किस बात पर रोए, जीवनसाथी के विरह में अथवा अपनी अधोगति पर। इतना ही नहीं, रंग, स्वाद तथा खुश होने का

अधिकार भी उसे त्यागना पड़ता है। पत्नी की मृत्यु के पश्चात जो समाज पुरुष को जीवनपथ पर अग्रसर होने की सलाह देता है, वही समाज पति की मृत्यु के पश्चात स्त्रीजीवन के सुखों का अंत मान लेता है। एक निरपराध को अभिशप्त जीवन का दंड दे दिया जाता है। यह समाज का न्याय है!"

"इस न्याय का प्रतिफल तुम्हें वृंदावन की गलियों में भीख माँगता हुआ, मंदिरों में भजन गाता हुआ अथवा एक अंधेरी कोठरी में सड़ता हुआ गोचर हो जाएगा। मृत शरीर को मरते हुए देखा है कभी! वहाँ मृत्यु का विलाप होता है। जीवन के सान्निध्य की स्मृति भी नहीं होती। बस एक बिच्छू होता है, ठीक वक्ष के ऊपर। अनवरत डंक मारता रहता है। जब वह मुर्दा मरती हैं, बिच्छू भी मर जाता है!"

फिर थोड़ा रुककर बोली, "अभी दो वर्ष पहले यहाँ होली का कार्यक्रम हुआ था। विधवाओं ने एक-दूसरे के साथ फूलों से होली खेली। मीडिया का जमावड़ा लगा। इस ऐतिहासिक क़दम को सभी अपने कैमरे में क़ैद करने को व्याकुल थे। अगले दिन तमाम अख़बारों में इसे स्त्रीवाद की विजय के रूप में प्रचारित किया गया किन्तु मैं जहाँ से देखती हूँ, मुझे इसमें जय नहीं, पराजय दिखती है। यह तो एक छलावा था। वास्तविक समानता तथा विजय तो तब होती, जब यह होली फूलों की नहीं, वास्तविक रंगों की होती। इस बात की अनुमति न लेनी पड़ती और न देनी पड़ती। इसे एक परिवर्तन के रूप में देख सकते हैं किन्तु विजय तो कदापि नहीं!"

मैंने देखा उसकी आँखें एक विचित्र ज्योति से चमक रही थीं। निमिषभर उसे निहार कर मैंने पूछा, "आप यहाँ क्यों आईं?"

"प्रतीक के अमेरिका शिफ़्ट होने के बाद आभा दीदी ने बाँके-बिहारी के दर्शनों की इच्छा रखी। मैं यहाँ आ तो गई किन्तु जा नहीं पाई। दीदी यहाँ तीर्थ के लिए आई थी किन्तु अनजाने में मुझे कैवल्यधाम

प्राप्त हो गया था। मैं दिन भर आश्रमों में भटकती रहती। उन स्त्रियों के मध्य थोड़ा खुद को छोड़ आती, थोड़ा उन्हें बटोर लाती। फिर जब एक दोपहर मैं उनकी करुणा में सिक्त हो रही थी, उस पल से भी छोटे समय में मैंने देखा, एक पुरुष, नहीं एक स्त्री, या कि दोनों, या कि कोई नहीं! मैंने देखा उसके आकाशी शरीर पर पीताम्बर था, माथे पर मोरपंख और हाथों में, हाथों में सूर्य! ठीक उसी समय मैंने सुना, मेरे पीछे गोपियाँ गा रही थीं। जानती हो, स्वयं को पाना स्वयं को खोना भी होता है। उसी दिन मैं जान गई, मैंने इस स्थान को नहीं चुना, इस स्थान ने मेरा चयन किया था। मैं घर आ गई थी। अब पिछले पाँच वर्ष से यहाँ हूँ। एक ग़ैर सरकारी संस्था, 'मीरा-राधे' चलाती हूँ। धन सुख तो नहीं ख़रीद सकता किन्तु किसी के जीवन को सुकर अवश्य बना सकता है। मेरे पति का धन यहाँ काम आया। प्रतीक भी वृंदावन आता रहता है।"

और तब एकाएक मेरी आँखों से आँसू गिरने लगे। शब्दहीन लेकिन बड़े-बड़े गोल-गोल आँसू।

मैं मात्र इतना पूछ पाई, "परिवर्तन न आया तो! आपको डर नहीं लगता!"

"यदि हम किसी क्रांति को पैदा करने में समर्थ नहीं हैं, तो भी विद्रोह का स्वर ज़रूर उठाना चाहिए। क्रांति का आरंभ जनसमूह से नहीं होता, विद्रोह का एक स्वर पर्याप्त होता है। यदि संसार के एक कोने में कोई स्त्री अत्याचार के प्रतिकूल स्वर उठाती है, तो उसकी प्रतिध्वनि दूर तक सुनाई देती है। फिर शीघ्र ही उस स्वर के साथ अनेक स्वर जुड़ जाते हैं। न्यूज़ीलैंड की उस स्त्री के विषय में सोचो जिसके मन में 1893 में वोट देने की बात आई होगी। उस समय तो यह अधिकार मात्र पुरुषों को ही प्राप्त था। जब उसने यह बात अपने आस-पास के लोगों को बताई होगी, तो उनकी प्रतिक्रिया कितनी हिंसक रही होगी। ज़रा

सोचो, अगर वह भी डर कर चुप रह जाती तो! किन्तु वह मौन नहीं रही, बोली! और फिर उस एक स्वर में अनेक स्वर मिल गए। चलो यह भी मान लेते हैं कि विरोध को सहयोग न प्राप्त हो किन्तु असत्य तथा अन्याय के आगे नतमस्तक होने से अच्छा, लड़ते रहना है!"

वह मौन हुई और उसी क्षण मैंने देखा, मेरे कंधों पर रंगीन बादल का एक टुकड़ा, एक सुनहरे पंखों वाली गिलहरी और एक इंद्रधनुषी सूरज।

प्रभाती

वेदना में एक शक्ति होती है, जो दृष्टि देती है अगोचर के सदृश्य पहुँच जाने की। आप इसे मेरी शेखी समझ सकते हैं किन्तु घनीभूत वेदना के इन पलों में ही मुझे उस रात के पीछे की कई रातों को शब्दबद्ध कर पाने का साहस आया था।

बहुत संभव है आप जानना चाहें, वह रात कैसी थी! किन्तु कुछ निजी बातों का वर्णन शक्य नहीं होता और न उन बातों का इस बात से कोई प्रयोजन है। आपके लिए उसका यही महत्त्व हो सकता है कि वह रात मुझे उपलब्ध कैसे हुई! ऐसा क्या हुआ था मेरे पूर्वकालिक जीवन में, जो उस रात अपहरणकर्ताओं की तरह आकर पुलिस मुझे बंदी बनाकर ले गई थी।

मेरी स्थिति मानो भावानुभावों के घेरे से बाहर निकलकर अन्य व्यक्तियों और समाज के लिए समस्या रूप में बाहर आई थी परन्तु मैं असाधारण रूप से स्थितप्रज्ञ थी। पौ फटने तक बहुत से सूत्र समाज के हाथ आए थे, जो मेरे असमाजिक और चरित्रहीन होने को प्रमाणित करते थे।

अक्सर समाज ऐसी महिलाओं को अपनाने से मना कर देता है, जो अपनी इज़्ज़त की रक्षा नही कर पातीं अथवा शादी से पहले किसी के साथ संबंध बनाती हैं। मैं सोचती हूं, तो लगता कि बंदिशों का जाल ही स्त्री के लिए कुछ इस तरह बुना गया है कि बंदिशें खुद की मर्ज़ी से तोड़ें अथवा किसी और के अत्याचार से, बदनाम स्त्री ही होती है।

मैं अब उस दिन का प्रत्यवलोकन करती हूँ, तो पाती हूँ कि उस दिन की सहर भी सामान्य ही थी। मेरे पति श्री अरविन्द सिंह अपने कार्यालय

जाने की तैयारी में व्यस्त थे। मैं, जैसा की हर कामकाजी स्त्री करती है, अपने कार्यस्थल पर जाने से पहले घर के काम समाप्त करने में लगी थी।

यह समाज और उसका परिवार स्त्री के ऊपर पंच बने बैठे रहते हैं, उसे जैसे भूल करने का अधिकार ही प्राप्त नहीं है। एक पुरुष अपने कार्यालय का काम करने में ही थक जाता है, वहीं स्त्री घर और बाहर के मध्य सामंजस्य स्थापित करते हुए भी कटूक्तियों का शिकार होती रहती है।

सेवानिवृत्ति के बाद सास और ससुर हमारे साथ हैदराबाद रहने आ गए थे। मैं हैदराबाद के एक प्रख्यात स्कूल में शास्त्रीय संगीत पढ़ाती थी। एक अध्यापिका के रूप में भले ही मुझे प्रशंसा मिले अथवा एक गायिका के रूप में प्रशस्तिपत्र प्राप्त हो, एक गृहिणी के रूप में मैं पराजित थी, ऐसा मेरी सास और पति का मत था। वैसे भी शादी के आठ वर्षों पश्चात भी मेरा माँ न बन पाना भी मेरी विफलताओं में से एक था।

समाज हर अवस्था में स्त्री को ही कठघरे में खड़ा करता है, पुरुष तो सदा से ही स्वतंत्र है। वैसे भी जो स्त्री माँ न बन पाए समाज के लिए उसकी अन्य सभी उपलब्धियाँ कोई मायने नहीं रखती थीं।

नाट्य अकेडमी में उस संध्या मेरी प्रस्तुति थी। संगीत प्रेमियों के मध्य कुछ मेरे भी मित्र उपस्थित थे। मेरे माता-पिता सुदूर ग्वालियर से आ नहीं सकते थे और मेरे ससुरालवालों के पास समय व्यर्थ करने हेतु समय शेष नहीं था परन्तु मैं मुदित थी, आने वाले समय से अनभिज्ञ।

प्रस्तुति के पश्चात घर लौटने की कोई शीघ्रता तो नहीं थी किन्तु लौटना तो था ही। मैं घर से कुछ ही दूरी पर कैब से उतर गई

थी। मुझे यहाँ से घर तक पैदल जाना पसंद था। स्वयं के साथ यह एकांत मुझे प्रिय था, परन्तु उस रात मैं अकेली कहाँ थी। वह भी तो था। हाँ, यह बात मुझे ज्ञात तब हुई, जब उसने मुझे पीछे से आवाज़ दी थी।

"आरोही जी, सु... सुनें।"

मैं ठिठक गई। एक आर्द्र पुरुष कंठ की आवाज़ ने मेरे क़दमों पर विराम लगा दिया था। स्वर की दिशा में मैं मुड़ गई थी। जानती हूँ, आप सभी को मेरा यह निर्णय मूर्खतापूर्ण लग रहा होगा परन्तु उस समय मुझे वही सही लगा था।

सामने वह खड़ा था। मध्यम क़द-काठी, गेहुआँ रंग और चेहरे पर बिखरे बेतरतीब केश। उस चेहरे की जिस बात ने मुझे सम्मोहित कर लिया था, वह थी उसकी बाल-सुलभ मुस्कान एवं छोटी किन्तु गहरी आँखें। उसका चेहरा परिचित अवश्य था किन्तु हमारी कोई घनिष्टता नहीं थी। नाट्य-कला में कई बार संक्षिप्त मुलाक़ातें हुई थीं। वह सितारवादक था। आयु में मुझसे सात-आठ वर्ष छोटा भी था, अत: हमारा मित्र वर्ग भी भिन्न था। हाँ, कई मौक़ों पर हमने एक साथ प्रस्तुति अवश्य दी थी। इतनी कम उम्र में संगीत को लेकर उराबी संजीदगी की मैंने एक-दो बार प्रशंसा भी की थी। हमारा परिचय मात्र इतना ही था।

सम्भवतः पहले तो मुझे उसका नाम याद ही नहीं आया था। फिर उसने ही याद दिलाया था।

"मैं शशि!" उसकी वाणी में उत्साह का पुट था, जिसे मैंने नज़रअंदाज़ कर दिया था। यहाँ यह कहना कोई अतिशयोक्ति नहीं होगी कि अप्रत्याशित रूप से मैं भी आवेश में आ गई थी किन्तु मैंने अपने उत्साह को संजीदगी का नक़ाब पहना दिया था।

"क्या बात है, आप यहाँ?"

"मैं सामने वाली इमारत में रहता हूँ।"

"हम्म" इतना भर कह मैं जाने के लिए मुड़ी ही थी कि उसकी आवाज़ ने पुनः मेरे क़दमों को रोक लिया था।

"सम्भवतः आप हाई-टेक सिटी के पास रहती हैं?" मेरी उदासीनता ने उसके उत्साह को लेशमात्र भी कम नहीं किया था।

"जान पड़ता है आपको मेरे बारे में काफ़ी जानकारी है।"

"जी, आपको प्रतिदिन आता-जाता देखता हूँ।" इस बार उसकी वाणी तनिक झिझकी थी।

"क्या आप मुझे स्टॉक कर रहे हैं?" अपनी वाणी को सख़्त कर मैंने पूछा था।

कुछ समय के लिए उसके चेहरे का रंग अवश्य उड़ गया था परन्तु शीघ्र ही अपनी वाणी को संतुलित कर पुनः बोला था।

"स्टॉक तो नहीं परन्तु आपका अनुसरण अवश्य करता हूँ। आपके स्वर और विशेषतः आपकी लिखी हुई रचनाओं का अनुगामी हूँ।"

उसकी वाणी की मधुरता में लेशमात्र भी बनावट नहीं थी। उसकी साफ़गोई ने मुझे भी सहज कर दिया था।

"धन्यवाद, मेरी रचनाएं पढ़ी हैं तुमने?" मैं स्वयं अचंभित थी कि कितनी शीघ्र मैंने आप से तुम तक का सफ़र तय कर लिया था। इस बात का अनुभव उसे भी हो गया था।

"पढ़ा! कई-कई दफ़ा पढ़ा। यहाँ आपसे माफ़ी चाहूँगा कि आपसे बिना अनुमति लिए उनमें से कईयों को सुरबद्ध करने की धृष्टता भी की है।"

"क्या सच में! कभी समय हो, तो सुनना चाहूंगी।" अस्पष्ट अँधेरे में खड़े लैम्पपोस्ट कि मंद रोशनी में भी उसने मेरे नेत्रों की तरलता में मिश्रित उत्साह को देख लिया था।

"कभी क्यों, आज क्यों नहीं! वैसे भी आप कुछ समय पश्चात ही जा पाएंगी।"

"ऐसा क्यों?" मेरा संदेह मिश्रित स्वर सुन वह पुनः सकुचा गया था।

"आगे भीड़ ने मार्ग बंद किया हुआ है।"

"क्यों? कोई दुर्घटना हुई है क्या?"

वह कुछ कहता कि सामने से पुलिस की गाड़ी और एम्बुलेंस आती दिख गई थी। दोनों गाड़ियों के निकल जाने के बाद वह मेरे निकट आ गया था।

"कुछ लोगों ने सरेआम एक लड़के और उसकी पत्नी को गोली मार दी है।"

"हे भगवान! क्यों भला?"

"ठीक-ठीक कारण तो ज्ञात नहीं, परन्तु कुछ लोग बता रहे थे कि दोनों ने घरवालों के विरुद्ध अंतरजातीय विवाह किया था।"

"यह उन्माद और कितने निर्दोष प्राणों की बलि लेगा?" मेरे स्वर की निराशा को उसने भांप लिया था।

"हम तो मात्र उम्मीद कर सकते हैं।"

चंद सेकेंड तक एक मौन हमारे मध्य रहा, फिर उसने ही मौन भंग किया था।

"घर शीघ्रता से पहुंचने की आपकी व्यग्रता को मैं समझ सकता हूँ। घर पर सब आपके लिए परेशान भी होंगे किन्तु मेरे विचार में इन हालातों में अभी आपका जाना ठीक नहीं होगा।"

घर! उस फ़्लैट को जहाँ मेरे पति और सास-ससुर रहते थे, उसे और चाहे कुछ भी कहें, मेरा घर तो नहीं कह सकते थे। मुझे यह भी ज्ञात था कि परेशान वे मेरे लिए नहीं, बल्कि रात्रि भोजन में हो रहे विलंब हेतु हो रहे होंगे। उस स्थान से चंद क़दमों का ही तो फ़ासला था परन्तु मेरे क़दम शशि के कमरे की तरफ़ मुड़ गए थे।

काफ़ी बड़ा और हवादार कमरा था। पश्चिम की तरफ़ एक छोटी-सी बालकनी भी थी। कमरे की सजावट गृह-स्वामी के संगीत के प्रति प्रेम को प्रदर्शित कर रही थी। एक कोने में सितार था, तो दूसरे कोने में गिटार भी रखा था, जो उसके पाश्चात्य संगीत के प्रति रुझान को भी साबित कर रहा था। सामने की दीवार के बीचों-बीच एक स्त्री की आदमक़द पेंटिन्ग लगी हुई थी, जो कुछ गा रही थी। चित्र में एक छोटी-सी खिड़की के बाहर उदय होता हुआ सूर्य भी दिख रहा था, जो यह प्रदर्शित करता था कि वह स्त्री प्रभाती गा रही थी - सुबह के समय गाया जाने वाला राग।

कहना नहीं होगा कि कमरे की सज्जा मुझे पसंद आई थी। मेरे आभ्यंतरिक उत्साह को मैंने तनिक भी छिपाया नहीं था।

"शशि, तुम्हारा यह कमरा मकान तो नहीं लगता!"

"फिर?" उसने मुस्कराते हुए पूछा था।

"घर लगता है! यहाँ की नीरवता में सुन्दरता है।"

शशि की दोनों आँखों में चमक थी। मेरे लिए इस चमक का अर्थ अनजाना नहीं था। मैंने इसके पूर्व भी यह चमक देखी थी, कई वर्षों पहले, अपनी आँखों में। उन आँखों की चमक को मर्षण कर पाने में मैं

असमर्थ हो गई थी इसलिए बातों का रुख दूसरी तरफ़ करने की चेष्टा की थी।

"चलो, चाय पिलाओ और गाना सुनाओ।"

"आपकी आज्ञा को ठुकरा नहीं सकता परन्तु यदि आप साथ दें, तो आनंद आ जाएगा।"

"तुम शुरू तो करो।"

शशि ने इंडक्शन कुक टॉप पर केतली चढ़ाई और भरी आवाज़ मे गाना शुरू किया-

"तेरी यादों की ख़ुशबू से भीगा मेरा तकिया,
आज भी तेरी सांसों की राह तकता है।
तू जो सपने टांग आई थी मेरे कमरे की खूंटी पर,
आज भी हर आहट पर हिलता है।
वो तू ही थी या कोई और थी
आज भी क्या वह तुझमें ज़िन्दा है...आ...आ..."

मैं मंत्रमुग्ध होकर अपनी रचना को उसके मुख से सुन रही थी। स्वयं के लिखे शब्द, जैसे अपरिचित बन उससे मित्रता निभा रहे थे। उसके सुरों ने जैसे मेरे शब्दों को रूह प्रदान कर दी थी। मुझे यूँ निहारता देखकर वह रुक गया था।

"क्या बात है, संगीत अच्छा नहीं लगा क्या?"

"तुमने मुझे आश्चर्यचकित कर दिया। ऐसा लग रहा था, जैसे मेरी देह को रूह मिल गई हो।"

बड़ी नम्रता से उसने गर्दन झुका ली थी और फिर चाय का कप मेरी तरफ़ बढ़ाता हुआ बोला था।

"जब लोग आपकी इस रचना को पढ़ेंगे, तो प्रथम दृष्टि में उन्हें यह विरह में डूबी हुई रूमानी कविता प्रतीत होगी परन्तु वास्तविकता भिन्न है।"

उसकी आवाज़ में पता नहीं ऐसा क्या था कि मैं मुग्ध होकर उसे अपलक देखती रह गई थी।

"बोलो शशि, अब मौन मत रहो!" मैंने उसका नाम लिया और वह मुझे एकटक देखता रह गया था।

"आरोही, यह एक रूमानी कविता है, जो स्वयं से स्वयं को प्रेम करने को कह रही है।"

यह अलौकिक था। मेरी इस कविता को न कोई समझ पाया था और न कभी मैंने समझाने का प्रयत्न ही किया था। यथार्थ में प्रियतम भी मैं थी और प्रेयसी भी मैं। प्रियतम मेरा अतीत था और प्रेयसी मेरा वर्तमान। अतीत मुझे मेरे वास्तविक रूप, मेरे सपनों और मेरी भावनाओं से पुनः समागम कराना चाहता है और मेरा वर्तमान उन्हें मस्तिष्क के किसी अन्धे कोने मे बंद कर चुका था।

आप कभी दर्पण के सम्मुख 'मैं' के साथ खड़े हुए हैं? कभी 'मैं' को निहारा है? कभी अपनी आँखों से 'मैं' को देखा है? कभी 'मैं' के साथ समय व्यतीत किया है? मेरे साथ उस पल यही सब हो रहा था। मैं उस क्षण को खोना नहीं चाहती थी, हाथ बढ़ाकर थाम लेना चाहती थी। मैंने वही किया भी था। उसके होंठों से अपना नाम सुनना कानों को मधुरता प्रदान कर रहा था। कब चाय का कप नीचे गिर कर बिखर गया, मुझे पता ही नहीं चला। मैं तो स्वयं को समेटने में व्यस्त थी। आगे बढ़कर मैंने उसके गर्म कपोलों को अपनी ठंडी हथेलियों में भर लिया था।

वह मेरा प्रथम पुरुष स्पर्श अथवा प्रथम पर-पुरुष स्पर्श नहीं था। इसका तात्पर्य यह नहीं है कि मेरे अपने पति के अतिरिक्त अन्य पुरुषों

से भी सम्बन्ध थे किन्तु पुरुष-सहकर्मियों के साथ कभी-कभी तो हाथ मिलाने अथवा किसी भी वस्तु के आदान-प्रदान के दौरान आंशिक रूप से स्पर्श तो हो ही जाता था।

परन्तु आज के इस स्पर्श ने जैसे मुझे वास्तव में छू लिया था। कभी खिलते हुए फूल की पंखुड़ियों को देखा है! जब वे खिल रहे होते हैं, अपनी सभी पंखुड़ियों को फैला देते हैं, जैसे सूर्य की किरणों को अपने अंदर समेट लेना चाहते हों।

मैं भी वही चाहती थी। उसके सीने से लगकर, आँखें बंद किए हुए मैंने उसकी गर्माहट का आनंद लिया था। जब उसकी उँगलियाँ मेरे केशों का स्पर्श करती, मैं सिहर उठती थी। कमरे में और कोई नहीं, सिर्फ हम दोनों। उसने मुझे और सघनता के साथ जकड़ रखा था। मेरी काया की अभियाचना को मैं आज स्पष्ट सुन पा रही थी। अभी बहुत कुछ कहना शेष था परन्तु इसी बीच वे आ गए थे।

ठक-ठक-ठक-ठक

दरवाज़े पर हुई तेज़ दस्तक ने हमें पुनः यथार्थ में ला पटका था। द्वार पर पुलिस की एक छोटी टीम खड़ी थी। उन्होंने न कुछ पूछा और न हम कुछ कह पाए, अकारण लगभग घसीटते हुए नीचे गाड़ी में बैठा दिया गया था।

थाने जाने पर ज्ञात हुआ, शशि के पड़ोसी के बुलाने पर पुलिस आई थी। उनकी धारणा थी कि शशि ने घर में वारांगना बुलाई थी। उस रात मैं दो बातें समझ गई थी। एक, मिथ्या आरोप लगाकर समाज के सामने किसी को चरित्रहीन सिद्ध करना, प्रतिकार पाने का सुगम और द्रुतगामी मार्ग था। दो, मैं इतने वर्षों से स्वयं को छल रही थी। मैं वह थी ही नहीं, जिसकी भूमिका मैं इतने वर्षों से खेल रही थी। समय हो गया था वास्तविक भूमिका को अंगीकार करने का।

उस रात के बाद मेरी पुलिस के उच्च अधिकारियों से बातचीत हुई। येन-केन प्रकारेण मैं और शशि वहां से बाहर आए किन्तु पौ फटने तक सारा चित्र बदल गया था। अर्थ के बहुत सारे सूत्र मेरे हाथ में थे लेकिन देह जैसे झर गई थी। अतएव मैं अपनी सहेली के घर चली गई थी। पिता के घर नहीं गई थी। कारण आपको स्पष्ट होगा। वहां भी मेरा स्वागत लांछनों से ही होना तय था। इस समय मैं एकांत और शांति चाहती थी।

थककर किन्तु शांति पाकर मैं सो गई थी और सम्भवतः दो-तीन दिन तक कुछ और नहीं किया था। जब मैं उठी, मैं जाग चुकी थी। मैंने सम्भवतः इतने वर्षों में पहली बार स्वयं को दर्पण में निहारा था। अपने जीवन के तैंतीस वर्षों का लेखा-जोखा निकाला और निर्णय ले लिया था।

कहना न होगा कि मेरे तलाक़ का मार्ग सरल और सहज नहीं था। अवहेलना, लांछन, बहिष्कार, तिरस्कार और अपमान की आँधियों का सामना करना पड़ा था। शशि मेरे साथ था, हर परीक्षा और उपेक्षा हमने साथ ही झेली थी।

मेरा संघर्ष चलता रहा और मेरे अंधकार के पट पर बिजली की तरह थिरकती हुई एक रेखा शशि, मेरी अनेक चिन्ताओं और पीड़ा में पीड़ित शशि, अपनी पीड़ा से अंजान शशि, अपने भविष्य को मेरे वर्तमान पर बलि चढ़ाता हुआ शशि। उसने जैसे मेरे भीतर की शून्यता को विधाता से अपने आकाश में माँग लिया था।

उसके स्वप्नों से आलिंगनबद्ध मैं, शायद उसकी वास्तविकता को कभी समझ ही नहीं पाती, यदि एक दिन शशि की माँ मुझसे मिलने न आती। आज सोचती हूँ, तो लगता है उन्होंने मुझे कुछ भी ग़लत नहीं कहा था। उनके अपशब्दों में भी उनका अपने पुत्र के प्रति प्रेम ही तो था। यदि वह जानकारी नहीं देतीं, तो मैं कहाँ जान पाती कि शशि को

पेरिस से इतना अच्छा ऑफ़र आया था। यदि वह नहीं बतातीं, तो मैं कहाँ जान पाती कि मैं ही वह कारण थी, जो शशि को अपने परिवार के प्रति विद्रोही और अपने स्वप्नों के प्रति लापरवाह बना रही थी।

शशि स्वयं को धीरे-धीरे खो रहा था और मुझसे अधिक स्वयं को खोने की पीड़ा का अनुभव किसे था।

मैंने स्वयं को शशि से दूर कर लिया था। आरम्भ में उसने मुझसे सम्पर्क करने का प्रयास किया था, किन्तु मेरे प्रमाद ने शीघ्र ही हमारे मध्य एक अबोला की दीवार बना दी थी। वह चला गया था। जाने से पूर्व न वह मुझसे मिलने आया और न मैंने ही उसे फ़ोन किया। कुछ ही महीनों बाद मैंने भी तेलंगाना के एक छोटे-से शहर में स्थानान्तरण ले लिया और यहीं बस गई। कभी-कभी प्रेम की पूर्णता उसके अधूरेपन में ही होती है।

प्रेम! मैं शशि से प्रेम करती थी और आज भी करती हूँ, तभी तो उसे जाने दिया। जहाँ बंधन आ जाता है, प्रेम वहीं समाप्त हो जाता है। साहित्य में, यात्रा में, कला में, जीवन में, सब जगह वही मनमोहक प्रवाह और मनमोहक आरम्भ है प्रेम। प्रेम पक्षी के समान उड़ान भरने की स्वतंत्रता देता है, देवता बनाकर उसे इमारत में क़ैद नहीं करता।

पिछले पांच वर्षों में मैं उससे मिली नहीं थी और न ही कभी उसका फ़ोन आया था। हालाँकि मैं उसकी कुशलता की सूचना अवश्य लेती रहती थी। वह पेरिस में कब तक रहा, फ्रांस के किस शहर को उसने अपना निवास स्थान बनाया, कब-कब वह भारत आया और यहाँ तक कि कनाडा से लेकर श्रीलंका तक के उसके हर प्रदर्शन की मुझे जानकारी थी। किन्तु मैं चतुरा सूचनाओं का स्रोत भाँप न सकी थी। जहाँ मैंने विरह में प्रेम को पूर्ण मान लिया था, वहां उसने अपने स्वप्नों के साथ मेरे स्वप्नों को जोड़कर प्रेम की सम्पूर्णता को अंगीकार कर लिया था।

मैं अब तक यह सोच रही थी कि शशि पर से मेरी यादों का विषम ज्वर उतर गया होगा किन्तु मैं मारात्मक भूल कर बैठी थी। अत: कल जब ई-मेल के इस दौर में मेरे घर डाकिया पत्र लेकर आया था, मैं चिहुंक गई थी। सुंदर गोल लिखावट के साथ ही परिचित मंजुल सुगंध मेरे गले में बाहें डालकर झूल गई थी। पत्र में कोई सम्बोधन नहीं था और न ही भेजने वाले का नाम था। किन्तु मात्र एक वाक्य से लिखने वाले ने मेरे मन के तारों को झंकृत कर दिया था...

"प्रभाती साथ गाने का समय हो गया है, जाग रही हो ना..."

प्रेमाबंध

"आप मेरी माँ नहीं हैं!"

साहिल ने अविचलित भाव से कहा। अपने दस वर्षीय बेटे के मुख से निकले इन शब्दों ने मेरे हृदय को लहूलुहान कर दिया। मुझे लगा कि क्षण भर को एयरपोर्ट पर सब कुछ थम गया हो और साहिल की आँखों में बहती घृणा उसकी आँखों से उतरकर मुझे चारों तरफ़ से घेर रही है। मैं घृणा की सरिता में डूबने लगी कि तभी मेरा मोबाइल बज उठा। इससे पहले कि मैं फ़ोन उठाती, संदीप साहिल ने फ़ोन मेरे हाथों से छीना और अपने कान से लगाकर बोला- "माँ!"

साहिल फ़ोन पर व्यस्त हो अपनी कही हुई बात भूल गया, पर मैं... मेरे लिए भूल जाना इतना सरल नहीं। अतीत मनुष्य के जीवन का ऐसा मौसम है, जो जाकर भी नहीं जाता। विगत के गर्भ से जन्म लेकर स्मृतियों का वर्तमान में अनाधिकार प्रवेश, अनवरत चलता रहता है। अतीत और वर्तमान के इस आबन्ध से भविष्य भी अछूता नहीं रहता। मेरे अधैर्य ने पहले मेरे अतीत और अब मेरे वर्तमान को प्रतिकूल कर दिया।

मेरे मम्मी और पापा दोनों पटना के साइंस कॉलेज में लेक्चरर थे। उनकी इकलौती संतान होने के बावजूद, मुझे कभी अकेलापन अनुभव ही नहीं हुआ। इसका कारण था मम्मी-पापा का ज़बरदस्त तालमेल। घर पर मेरे लिए सदा एक अभिभावक मौजूद होता। पढ़ाई से संबंधित समस्या हो, दोस्तों के साथ हुआ विवाद हो अथवा आयु के साथ बढ़ती उलझनें हों, सब कुछ साझा करने के लिए मेरे पास मम्मी या पापा

अवश्य होते। मैं दोनों से ही बहुत निकट थी। मेरे पहले पीरियड के समय तो मम्मी किसी सम्मेलन के लिए पटना से बाहर गई हुई थीं। हालाँकि मम्मी ने मुझे मानसिक रूप से इस दिन के लिए तैयार किया था किन्तु जब वह दिन आया, मैं घबरा गई किन्तु पापा शांत रहे। उन्होंने अपने कॉलेज से छुट्टी ली और पूरे पाँच दिन मुझे सामान्य करने में लगे रहे।

ऐसा नहीं था कि मुझे डाँट नहीं पड़ती थी। एक बार स्कूल में की गई शरारत के कारण स्कूल में तो मुझे माफ़ी मिल गई, पर मेरी मम्मी ने प्रिन्सिपल से बोलकर मुझे दंड दिलवाया। लेकिन अगर मेरी ग़लती न होती और फिर भी मुझे दंडित किया जाता, तो यही मेरी मम्मी किसी से भी लड़ने को तैयार हो जातीं। फिर सामने स्कूल की प्रिन्सिपल हो अथवा मंत्री, जिसके बेटे को मैंने उसकी छेड़छाड़ से परेशान होकर थप्पड़ मार दिया था। अनुशासन और प्रेम के इस परिवेश में मेरा पालन हुआ।

मम्मी-पापा ने कभी किसी बात के लिए मुझ पर दबाव नहीं डाला। आईआईटी में अच्छे रैंक के कारण मैं किसी भी ब्रांच से इंजीनियरिन्ग कर सकती थी। पापा चाहते थे कि मैं दिल्ली में एडमिशन लूँ क्योंकि पटना से दिल्ली आना-जाना सरल होता किन्तु मैंने जान-बूझकर काउंसलिन्ग में खड़गपुर को चुना क्योंकि मिलन को वहाँ जाना था। मम्मी ने मुझे समझाने का प्रयास भी किया लेकिन भावनाओं के समक्ष बुद्धि सदा पराजित होती है। बुद्धि तो मुझे तब भी सचेत करती रही, जब मैंने मम्मी-पापा के समक्ष मिलन से विवाह की बात रखी।

मेरे निर्णय को पापा ने मौन विरोध के साथ स्वीकार किया किन्तु मम्मी चुप न रह सकीं और बोलीं, "पारुल, अभी तुम्हारी नौकरी लगी और तुम काम पर फ़ोकस करने की जगह शादी का सोचने लगी। प्रेम

अथवा विवाह ग़लत नहीं पर समय अवश्य ग़लत है। तुम दोनों ही अपरिपक्व हो और विवाह की गंभीरता को समझ नहीं पा रहे। अभी तो तुम दोनों को ही अपने-अपने कार्यस्थल पर स्वयं को सिद्ध करना है। बहुत संभव है, तुम दोनों एमबीए भी करना चाहो। यह समय किसी भी तरह के विघ्न से दूर रहकर, परिश्रम करने का है और फिर हम तुम्हें अलग होने को तो नहीं कह रहे। बस कुछ समय अपने करियर पर ध्यान दे लो। तुम तो सदा से इतनी महत्त्वाकांक्षी रही हो, फिर शादी की इतनी अधीरता क्यों?"

लेकिन पुरानी पीढ़ी प्रयास करके भी अपने नई पौध को उसके हिस्से के खरपतवार से नहीं बचा सकती। अपने जीवन की गाँठों को स्वयं ही खोलना होता है। वही हमारे साथ हुआ। परिवार के समझाने के बावजूद मैंने और मिलन ने शादी कर ली।

इस विवाह को मेरे अभिभावकों और मिलन के पापा ने तो खुले मन से स्वीकार कर लिया, पर मिलन की माँ तटस्थ रहीं। मैंने और मिलन ने उम्र के हर पड़ाव को एक साथ देखा। शैशव और किशोरवस्था की मित्रता युवावस्था के मार्ग में प्रेम में परिवर्तित हो गई। हमारी मित्रता ने हमारे परिवारों को भी निकट ला दिया था किन्तु मिलन की माँ और उसकी बड़ी बहन से मुझे वो आत्मीयता कभी प्राप्त नहीं हुई, जो मिलन को मेरे मम्मी-पापा से मिलती थी। इसके कई कारण हो सकते हैं। मेरा कुशाग्र और सशक्त होने के साथ गृहकार्य में भी दक्ष होना, उन्हें नहीं समझ आता। उन्हें मेरा असंस्कारी होना समझ आता। उन्हें मेरे भीतर स्त्रीसुलभ गुणों की कमी नज़र आती। सौ बातों की एक बात, उन्हें मैं पसंद नहीं थी। यह स्पष्ट करने में उन्होंने शब्दों को ख़र्च करने में कभी कोई कंजूसी नहीं की किन्तु मैंने उनकी नाराज़गी को गंभीरता से नहीं लिया। मेरे लिए मिलन अहम था, जिसके साथ मुझे अपनी गृहस्थी पटना से मीलों दूर हैदराबाद में आरंभ करनी थी। यह सब सोचकर ही मैं अपनी सास की मौखिक प्रताड़ना को अनवरत

झेलती रही। दो महीने बाद ही नौकरी का कॉल लेटर आ गया और मैं और मिलन हैदराबाद चले आए।

सुंदर समय एक पक्षी होता है। घोंसला बनाकर कुछ समय को ठहरे तो इसे अपना सौभाग्य समझना चाहिए। अन्यथा इसके स्वभाव में टिकना नहीं उड़ना है। मेरी गृहस्थी के साथ भी ऐसा ही हुआ। हैदराबाद आने के आठ महीने बाद मुझे दो बातें एक साथ पता चलीं। एक, कि मेरी सास हमारे साथ रहने आ रही हैं और दूसरी कि मैं गर्भवती हूँ।

मैं ऐसी किसी स्थिति के लिए प्रस्तुत नहीं थी। उस समय मेरा एकमात्र लक्ष्य अपने करियर की चुनौतियों को परिश्रम और युक्तिसंगत निर्णयों से परास्त कर मैनेजर की कुर्सी पर बैठना था। किन्तु किसी भी निर्णय से पूर्व मुझे मिलन को बताना ठीक लगा। मिलन तो मेरी प्रेग्नेंसी की बात सुनकर इतने दबाव में आ गया कि तुरंत अपनी माँ को फ़ोन लगा दिया। इस फ़ोन का लाभ यह हुआ कि एक महीने बाद आने वाली मेरी सास दस दिन बाद ही आ गईं। माँ बनने अथवा न बनने का नितांत व्यक्तिगत निर्णय भी मुझे नहीं प्राप्त हुआ। उस समय मैं स्वयं भी अबॉर्शन को लेकर संशय की स्थिति में थी। सो, मैंने अपनी सास के निर्णय को मौन स्वीकृति दे दी, पर मेरे मौन को मेरी कमज़ोरी मान लिया गया।

अपनी गर्भावस्था में घर और नौकरी की रेलगाड़ी पर उतरते-चढ़ते, मुझे मेरी सास के टाइम-टेबल का ख़याल रखना पड़ता। उनके अनुसार, गर्भावस्था कोई बीमारी नहीं, स्त्री जीवन की एक अवस्था है, जिससे हर स्त्री को कभी न कभी गुज़रना होता है। यह एक सामान्य-सी प्रक्रिया है। सो, मेरा आराम करना अथवा अपनी समस्याओं को व्यक्त करना उन्हें अखरता। मेरी पीड़ा को वह मेरा अभिनय समझतीं। ऐसे समय वह अपना उदाहरण देने में भी पीछे नहीं रहतीं। वह मुझसे नौकरी छोड़ देने की बात भी कहती रहतीं। जहाँ प्रतिदिन की मानसिक और

मौखिक प्रताड़ना ने मुझे विक्षिप्त करना आरंभ कर दिया, वहीं मिलन मुझ पर हो रहे इस मानसिक अत्याचार से निर्लिप्त ही रहा।

मेरा मानना है कि लड़कियों में आंतरिक शक्ति होती है, जो कुछ स्थितियों तक निष्क्रिय रहती है किन्तु शक्ति के जागृत होते ही वह हर कुरीति और दुर्व्यवहार की होलिका को जलाकर भस्म कर देती है। कई महीनों की विक्षिप्त नींद के बाद जब मैं जागी, तो स्वयं को पंखे पर रस्सी बाँधते हुए पाया। सच कहूँ, तो क्षण भर को मैं कुछ समझ ही नहीं पाई और जब समझी, भय और संतोष की मिश्रित संवेदना से चिर गई। भय हुआ अपने वर्तमान से और संतोष मिला कि भविष्य अभी शेष है। मैंने तत्क्षण ही वह घर छोड़ दिया और अपने मम्मी-पापा के पास पटना आ गई।

मिलन भी आया था मुझे मनाने, वापस ले जाने। उसने मेरी प्रताड़ना को एहतियात और देखभाल का नाम दिया। आठवें महीने को गर्भावस्था का अंतिम चरण मानते हैं। इस समय शिशु का आकार ऐसा होता है कि वह गर्भाशय को घेर लेता है। अब उसके पास उछल-कूद का स्थान नहीं होता इसलिए वह इतने करवट बदलता है कि प्रतीत होता है मानो पेट में शिशु नहीं, आंदोलन पल रहा है। कम-से-कम मेरे लिए तो यह अक्षरश: सत्य था। सो, मैंने मिलन को तो मना किया ही, तलाक़ के लिए भी अर्ज़ी डाल दी। माँ का राजा बेटा होना एक बात है और इस राजा बेटा सिंड्रोम के पीछे अपनी कमज़ोरी को छुपाना दूसरी। अच्छा बेटा होने के लिए अच्छा मनुष्य होने से समझौता नहीं करना पड़ता।

माँ के गर्भाशय में भ्रूण का विकसन एक साधारण-सी लगने वाली असाधारण घटना है। प्रत्येक क्षण के साथ स्त्री एक पावन प्रेमाबंध में आबद्ध होती जाती है। कुछ महीनों में वही स्त्री जन्म देती है एक शिशु और एक माँ किन्तु मेरे साथ ऐसा कुछ नहीं हुआ। न मुझे मेरा गर्भवती होना रोमांचित कर पाया और न साहिल का जन्म। पहले तो मैं माँ

बनने के लिए प्रस्तुत ही नहीं थी। संभवतः समय के साथ शिशु और मेरा आबन्ध मज़बूत भी हो जाता किन्तु उस दौरान स्वयं मेरे लिए परिस्थितियाँ इतनी जटिल रहीं कि शिशु की तरफ़ मेरा ध्यान ही नहीं गया। मायके आने के बाद भी मेरा ध्यान अपने काम में लगा रहता।

मैंने रिमोट वर्क ले लिया था और पूरी एकग्रता से स्वयं को स्थापित करने में लगी रही। स्तनपान के अतिरिक्त साहिल की सभी ज़िम्मेदारियों को मेरी मम्मी ने सहर्ष अपने ऊपर ले लिया। मेरे तन ने शिशु को जन्म अवश्य दिया लेकिन मेरा मन माँ नहीं बन पाया। मन की निर्लिप्तता को तन ने भी शीघ्र भाँप लिया और चार-पाँच महीने बाद ही मेरे स्तनों में दूध आना बंद हो गया। मेरे और साहिल के मध्य का एकमात्र आबन्ध भी समाप्त हो गया। मैं पूरी तरह अपने काम में और मम्मी साहिल में व्यस्त हो गईं।

मेरा परिश्रम फलित हुआ और कंपनी ने मुझे मैनेजर लेवल देकर मुंबई ऑफ़िस जॉइन करने के लिए बुला लिया। बधाई के लिए सबसे पहला फ़ोन मिलन का आया।

साहिल के जन्म के बाद से मिलन का मेरे घर आना-जाना बढ़ गया था। उसके साहिल से मिलने में मुझे भी कोई आपत्ति नहीं थी। आख़िर वह उसका पिता था। वह आता, साहिल के साथ खेलता, मम्मी-पापा के पास बैठता और चला जाता। आरंभ में हमारी बातें औपचारिक अभिवादन तक ही सीमित रहीं। उसने कभी स्वयं तलाक़ की अर्ज़ी वापस लेने की बात भी नहीं की लेकिन जैसे-जैसे केस की सुनवाई का दिन समीप आने लगा, उसका मेरे घर आना बढ़ गया।

मैंने उससे पूछा भी, "साहिल की कस्टडी लेने के लिए भ्रमण का व्यय बढ़ा लिया है क्या?"

उत्तर में उसने कहा, "नहीं, तुम मुझे माफ़ करके शर्मिंदा कर दो, इसलिए!"

उस दिन जो संवाद एक मौन के साथ समाप्त हुआ, वह आगे आने वाले संवादों के लिए मार्ग प्रशस्त कर गया। जीवन में स्वयं पर विजय प्राप्त करने की तुलना में कोई बड़ा आनंद नहीं है। हम दोनों ने ही अपनी-अपनी अशक्तता पर विजय प्राप्त कर ली।

उस दिन मात्र बधाई देने के लिए उसका फ़ोन नहीं आया। उसने मुझे अपना ट्रांसफ़र मुंबई करा लेने की सूचना भी दी। अतीत को पीछे छोड़, एक नया वर्तमान आरंभ करने के लिए हम दोनों मुंबई आ गए।

मिलन की माँ के साथ मेरा संबंध कभी सामान्य नहीं हो पाया। वास्तविक जीवन कोई फ़िल्म तो नहीं, जहाँ अंत में सभी का हृदय परिवर्तन हो जाता है। सो वह बदली तो नहीं, पर वर्तमान स्थिति को स्वीकार अवश्य कर लिया। अतीत की कटुता को भूल मैं भी आगे बढ़ गई।

हम दोनों को अपनी नौकरी और रिश्ते को समय देना था। अतः कुछ वर्षों के लिए साहिल को मम्मी के पास ही छोड़ने का निर्णय लिया। हम दोनों बीच-बीच में पटना आते और महँगे-महँगे खिलौने, गैजेट्स आदि देकर अपने माता-पिता होने के कर्त्तव्य की पूर्ति कर लेते। जब साहिल के स्कूल की छुट्टियाँ होतीं, तो वह मम्मी-पापा के साथ मुंबई आ जाता। हमारे कृत्रिम जीवन के इस कृत्रिम संबंध की प्रमाणिकता को न मैं देख पाई और न समझ पाई। देखते ही देखते दस वर्ष बीत गए। इस मध्य मैंने और मिलन ने अपने-अपने कार्यक्षेत्र में एक अच्छा स्थान बना लिया। हमने साहिल को अपने पास मुंबई लाने का निर्णय लिया और पटना आ गए।

समाज और कानून प्रसव को ममता का प्रथम मापदंड मानता है। हम चाहे जितना भी यशोदा का गुणगान कर लें, वास्तव में कृष्ण देवकी को ही प्राप्त होता है। यशोदाओं की गोद को निर्ममता से रिक्त कर देने को न्याय माना जाता है। चंद प्रशंसा के टुकड़े और कुछ वाहवाही के

छंद पढ़कर समाज अपने कर्त्तव्य की इतिश्री कर लेता है। मैंने भी वही किया। मैंने जब मम्मी के गले लगकर साहिल को ले जाने की बात कही, तब मैं उनकी बनावटी हँसी के पीछे छुपी यंत्रणा को नहीं देख पाई। माँ मौन रहीं लेकिन साहिल मौन नहीं रहा। वह चीखा, वह चिल्लाया।

"मुझे आपके साथ कहीं नहीं जाना! आप चली जाओ!"

जब मैं फिर भी नहीं मानी तो चिरौरी करने लगा, "मम्मी मुझे कोई विडियो गेम नहीं चाहिए। मुझे डिज़्नी लैंड नहीं देखना। आप मुझे मेरे माँ-पापा के पास रहने दीजिए!"

मैंने अत्यंत शुष्क स्वर में उत्तर दिया था, "साहिल! डिसीज़न हो चुका है। तुम देखना, तुम्हें मुंबई बहुत अच्छा लगेगा।"

इतना कहकर ज्यों ही मैं उसे गले लगाने के लिए आगे बढ़ी, उसने मेरा हाथ झटक दिया और तेज़ आवाज़ में चीखा, "मम्मी आप गंदी हो। आई हेट यू!"

मैं सहम गई। मेरे और मिलन के साथ-साथ पापा के लिए भी साहिल जैसे शिष्ट और मृदुभाषी बच्चे का ऐसा व्यवहार चौंकाने वाला था लेकिन मेरी मम्मी सब समझ गईं। उन्होंने न मालूम साहिल से क्या कहा लेकिन उस घटना के बाद साहिल आश्चर्यजनक रूप से शांत हो गया। वह मुंबई चलने के लिए भी मान गया। मिलन ने साहिल में आए इस अप्रत्याशित बदलाव पर मेरा ध्यान ले जाना चाहा।

जब एयरपोर्ट के लिए निकलने से पहले, साहिल मेरी मम्मी से लिपट कर रो पड़ा, तब मिलन ने मुझे समझाने का असफल प्रयास भी किया लेकिन मैं नहीं समझ पाई। जैसे वीर्यदान से कोई पुरुष पिता नहीं बन जाता, वैसे ही जन्म दे देने से कोई स्त्री माँ नहीं बन जाती। मेरा माँ बनना अभी शेष था।

लोग कहते हैं कि शिशुजन्म के साथ ही स्त्री में एक माँ का जन्म होता है। झूठ कहते हैं। प्रसूति स्त्री का दूसरा जन्म अवश्य है क्योंकि यह एक अत्यंत पीड़ादायक प्रक्रिया है। किन्तु स्त्री के अंदर माँ का जन्म मात्र एक प्रक्रिया नहीं, सम्पूर्ण जीवन है। स्त्री धीरे-धीरे माँ बनती है, वैसे ही जैसे पुरुष धीरे-धीर पिता बनता है। कुछ स्त्रियों में यह प्रक्रिया शिशुजन्म के पूर्व, किसी में जन्म के तुरंत बाद, तो कुछ में चंद दिनों बाद आरंभ होती है। हाँ, मैं ज़रूर अपवाद रही। मेरे अंदर माँ को जन्म लेने में दस वर्ष लग गए।

आज इसी एयरपोर्ट पर, बस कुछ देर पहले मैंने वास्तव में प्रसवपीड़ा का अनुभव किया। कब? तब, जब मेरे बेटा कहने पर साहिल ने कहा था कि मैं उसकी माँ नहीं! उस समय से आरंभ हुई वह पीड़ा धीरे-धीरे बढ़ती जा रही है।

अपनी बात समाप्त कर साहिल ने मोबाइल मेरी तरफ़ बढ़ा दिया। एक क्षण को हमारी दृष्टि मिली। उसकी मासूम आँखें मेरी तरफ़ देखते हुए भी, मुझे नहीं शून्य को ताक रही थीं। उसकी निर्दोष आँखों में मुझे अपना ही चेहरा कितना स्वार्थी नज़र आया। मुझे मम्मी याद आईं। यदि यह ज़िन्दगी माँ बन जाए, तो बिन माँगे ही सब मिल जाए। माँ! कितना छोटा शब्द! पर कितना बड़ा अर्थ! साहिल की पीड़ा मेरे रोम-रोम में घुलती रही और मैं माँ बन गई।

"तुम ठीक तो हो?" मिलन के प्रश्न ने मुझे यथार्थ में ला पटका। मेरे बहते आँसूओं ने उसे उत्तर दिया। वह सब समझ गया। मौन सबसे अच्छा संवाद है।

मैं अपनी जगह से उठी और साहिल के सामने, भूमि पर बैठ गई। उसने सकुचा कर मुझे देखा। अपनी रुलाई को गले में घोंटते हुए मैंने कहा, "चलो, घर चलें!"

आह!

आह को चाहिए इक उम्र असर होने तक
कौन जीता है तिरी जुल्फ़ के सर होने तक...

पिछले चार दिनों से यह हो रहा है। दोस्तोवस्की पढ़ रही हूँ, खाना बना रही हूँ या फिर बालकनी में चुपचाप खड़ी धीरे-धीरे डूबते सूर्य के साथ स्वयं को थोड़ा-थोड़ा उगता देख रही हूँ। यह ग़ज़ल मन से उछलकर होंठों पर आ-जा रही है। संयोग कहूँ या कि नियति की मुझे पूर्वसूचना, आज भी जब फ़ेशियल के लिए पार्लर आई, तो वहाँ ग़ालिब की इस ग़ज़ल ने मुझे सलाम किया।

मुरैना आने से पूर्व इस स्थान के बारे में मैं मात्र इतना जान पाई कि यहाँ असंख्य मोर रहते हैं। और यह बात सच भी लगी जब मेरी हर भोर, मोर की पुकार से होने लगी। मैं पिछले डेढ़ वर्ष से मुरैना के एक प्राइवेट इंजीनियरिन्ग कॉलेज में पढ़ा रही हूँ। कॉलेज शहर से बहुत दूर था। नौकरी के लिए मुझे ऐसी ही सुदूर जगहों की तलाश रहती है। इससे पहले मेरा ठिकाना नगालैंड की राजधानी कोहिमा का एक अभ्यंतर क्षेत्र रहा।

ग़ैर-आबाद मकान मुझे पुकारते हैं। तभी कोहिमा के बाद मुरैना में मुझे जो क्वार्टर मिला, वह परिसर के सबसे निर्जन कोने में अस्वीकृत खड़ा मेरी राह देख रहा था। लोगों ने मुझे यहाँ न रहने की सलाह दी और मेरे मना करने को मेरे विचित्र चरित्र के साथ जोड़कर भी देखा गया लेकिन मैं नहीं मानी। घर की दीवारों के मौन परिग्रह को मेरी रूह ने सुना और आँखों ने उस मकान में घर को देख लिया।

यूँ भी एक 35 वर्षीय स्त्री का अविवाहित होना ही यहाँ के लोगों के लिए विचित्र बात है। और फिर जब वह स्त्री ऐसे निर्जन स्थानों को अपना निवास बनाती है, तो लोगों की सृजन क्षमता विस्मयकारी कहानियों को जन्म देती है। किन्तु मुझे नीरवता आकर्षित करती है। ऐसी निर्जन स्थानों का एकांत मुझमें प्राणवायु का संचार करता है।

यूँ तो इस शहर में कई ब्यूटी-पार्लर हैं। हाँ, देश के प्रसिद्ध ब्यूटी-सैलून यहाँ नहीं हैं, किन्तु देश की चंद कर्मठ स्त्रियाँ और उनके छोटे-छोटे पार्लर अवश्य मिलेंगे। ऐसी ही एक स्त्री, पीकू से मेरा परिचय कुछ पाँच-छह महीने पहले हुआ। उसके पति कॉलेज के ही फ़ाइनेंस डिपार्टमेंट में थे। पाँच वर्ष पूर्व जब उसने कोलकाता के एक बड़े सैलून से ब्यूटी-कोर्स किया, तभी से अपना पार्लर खोलना उसका सपना हो गया था। और अब जाकर उसका यह स्वप्न पूरा हुआ। काम में अच्छे होने के साथ-साथ, उसका स्नेही व्यवहार और अपने काम के प्रति निष्ठा, कम समय में उसकी प्रसिद्धि का कारण बने। तभी उसके पार्लर में स्टाफ़ क्वार्टर की स्त्रियों के अतिरिक्त मुरैना और उसके आसपास के गाँवों से भी स्त्रियाँ आने लगी थीं।

भीड़ अधिक न होने के कारण, पीकू को मुझसे बात करने का समय मिल गया। उसकी सहायिका सोना, एक स्त्री की भौंहें सँवारने में व्यस्त थी। तभी पार्लर का दरवाज़ा खुला और एक मधुर किन्तु बेचैन स्वर ने अंदर प्रवेश किया, "पीकू दीदी, आप फ़्री हैं क्या?"

पीकू के इशारा करते ही वह अंदर आ गई। पीकू खड़ी होकर उससे बात करने लगी। और मैं... मैं मंत्रमुग्ध-सी उसे देखती रही। श्याम रंग, तीखा नाक-नक्श, गढ़े हुए अधर, मानो किसी चित्रकार ने पेंसिल से बनाए हों। उन अधरों पर लगी क्रिम्ज़न लिपस्टिक में कुछ चुराई गई चुंबनों की स्मृति शेष लगी। ऊँचाई पाँच फ़ुट पाँच इंच, मुझसे थोड़ी लंबी। घने-लंबे केश उसके सुगठित नितंबों को रह-रहकर सहला देते।

रचनाकारों ने सौन्दर्य को अपने-अपने शब्दों में साकार किया है लेकिन मेरा मानना है कि सौन्दर्य की कोई परिभाषा नहीं। हो ही नहीं सकती। क्योंकि सौन्दर्य व्यक्ति विशेष की अनुभूति पर निर्भर है। मेरी ज़द में ऐसा सौन्दर्य आज तक नहीं आया था किन्तु बहुत संभव है कि किसी अन्य के लिए उसका सौन्दर्य साधारण हो।

मैं निर्निमेष, स्थान और काल से बेपरवाह उसे देखती रही। अपनी मूच्छर्छा में मैं ऐसे लोक में चली गई कि समीप खड़ी पीकू का स्वर भी कहीं दूर से आता सुनाई पड़ा।

"इला, इला..."

"अ...हाँ!"

"आँखें खोलकर कौन सोता है?" पीकू के मज़ाक पर मैं सच बोल गई, "सो कहाँ रही थी, सपना देख रही थी!"

"तुम्हारी बातें तुम-सी ही होती हैं।"

"रहस्यमयी। क्यों, यही कहना चाहती थी ना तुम?" मैंने हँसकर कहा, तो पीकू के साथ-साथ वह भी हँस पड़ी। मौन वृत्तिचित्र रचते अधर अब मुखर हों वृष्टिजल बन मेरे काँपते मन को भिगोने लगे।

"इला, मैंने आपको एक लेडी के बारे में बताया था ना, जो बहुत अच्छी सिलाई करती है। यह वही है। मेरे तो सभी कुर्ते इसी ने सिले हैं। यह देखो, आज मेरा सलवार-सूट सिलकर लाई है।"

"मैं कुर्ते ऑनलाइन ऑर्डर करती हूँ!" मेरे इतना कहते ही पीकू की बात सुन उसके होंठों के छोर पर आई अलग तरह की ख़ुशी तुरंत ग़ायब हो गई। मुझे स्वयं पर क्रोध भी आया। इतना ब्लन्ट होने की क्या आवश्यकता थी! उससे बात करने के लिए मैंने जानबूझकर ही पूछा, "पर मैं साड़ी बहुत पहनती हूँ। क्या तुम ब्लाउज़ सिलती हो?"

"और क्या!" वह थोड़ा पीछे हटी और अपनी गुलाबी साड़ी का पल्ला हटाते हुए बोली, "यह ब्लाउज़ मैंने ही बनाया है।" मैंने देखा, साँसों की लय पर स्तनों का मंद नृत्य।

"फ़िटिंग कैसी लगी?" इतना सुनते ही मेरी आँखें उठी और उसकी आँखों में उलझ-सी गईं। मनुष्य की आँखों में इंद्रधनुष के रंगों के साथ ही सितारों की ऐसी रोशनी भी हो सकती है, यह जान पाई।

"इसके बैक में भी डिज़ाइन है।" वह पीछे पलट चुकी थी। मैं मंत्रपूत की तरह निश्चेष्ट होकर उसके पीछे जा खड़ी हुई। सफ़ेद मोती की समानांतर डोरियों के पीछे उसका पृष्ठ भाग अदृष्ट था। मैंने अपने दाहिने हाथ की तर्जनी को पहली डोरी पर रखा। मैंने धीरे से साँस लेकर छोड़ा। श्वास की वह क्षीण लकीर, उसकी ग्रीवा पर ठहरी एक पसीने की बूँद से मिली और वह काँप उठी।

हम क्षण-भर यूँ ही खड़े रहे। मुझे लगा कि वह कुछ कहेगी किन्तु वह कुछ बोली नहीं। देह की भाषा को मात्र दूसरी देह ही पढ़ पाती है। मन और बुद्धि पर व्यवस्था का प्रतिबंध लगता है। किन्तु दैहिक अनुभूति की प्रतिक्रिया स्वतंत्र है।

तभी दरवाज़े के पास से कर्कश बालस्वर आगा, "रे मम्मी!" हमारा ध्यान एकाएक टूट गया और वह सहमकर कुछ पीछे हट गई। मैंने देखा, उस स्त्री के चिबुक (ठोड़ी) पर एक छोटा-सा काले रंग का बिन्दु है, जैसे अधरों की उपत्यकाओं से निकला काला चाँद, प्रतीक्षारत खड़ा हो।

वह हटकर, उस बच्चे से धीरे-धीरे कुछ कहने लगी, जिसे मैं नहीं सुन पाई। किन्तु बच्चे ने जब कहा, "तुझे पापा बुला रहे। चलती क्यों नहीं। जल्दी चल।" तब सब साफ़ सुनाई पड़ा।

उसने पुनः धीरे से कुछ समझाया और पर्स से निकालकर एक दस रुपये का नोट देते हुए कुछ बोली। लड़के ने इस बार भी चिल्लाकर

ही जवाब दिया, "पापा बाहर धूप में बाइक पर बैठे हैं। जल्दी से आ जाना। नहीं तो मैं कह दूंगा कि तू दाढ़ी बनवा रही है।" इतना बोल वह कुटिलता से हँस पड़ा।

बच्चों की मधुरता, कोमलता और मासूमियत पर अनेक कहानियों और कविताओं की रचना हुई है किन्तु यह बात भी सही है कि कोई भी अभिव्यक्ति परम सत्य नहीं होती। बच्चों में क्रूरता, कुटिलता और दंभ का कारण उनका पालन तथा प्रतिवेश हो सकता है। तभी कुछ बच्चे अत्यधिक अभद्र तथा निर्दयी होते हैं। सामने खड़े उस सात-आठ वर्ष के बच्चे की कठोरता और अभद्रता मुझे परेशान कर रही थी।

"इज़्ज़त से बात कर। मम्मी है तेरी!" पीकू की बात पर वह बच्चा तो कुछ नहीं बोला पर वह बोली, "रहने दो दीदी, बच्चा है।" पीकू तो चुप हो गई, किन्तु मैं संयम बनाए नहीं रख सकी।

"बच्चा है, तभी समझा रही है। बड़ा होता, तो बाहर निकाल देती।"

वह चुप रहती है। उसे बुरा लगा होगा, यह समझते ही मैं अनुताप (पछतावे) से घिर गई। मैं ऐसी ही हूँ। जो कुछ भी मन में आता है, बोल देती हूँ। कुछ कहने-बोलने से पहले आगे-पीछे सोचूँ, यह सब मुझमें नहीं है।

"पीकू दीदी, पैसे!" वह बोली किन्तु मेरी तरफ़ देखे बिना। स्पष्ट हुआ कि वह मुझे अनदेखा कर रही है। हड़बड़ाती हुई पीकू ने मेज़ की दराज से पैसे निकालकर उसे दे दिए। पैसे लेकर वह बाहर जाने के लिए मुड़ी और फिर तुरंत ही पलटकर बोली, "आज अपने पति के साथ बसंत में लंच करने जाना है।"

इस पंक्ति में, 'अपने पति' इन दो शब्दों को विशेष प्रबलता से कहा गया। हालाँकि यह बात कही पीकू से गई किन्तु सुनाई मुझे गई थी।

यह बात और भी स्पष्ट हुई कि जिस रोमांच का अनुभव मुझे हुआ, उससे अछूती वह भी नहीं रही है।

"ओ!" पीकू ने मात्र इतना कहा। वह पीकू के गले लगी और मेरी तरफ़ बिना देखे यूँ निकल गई, जैसे इतनी व्यस्त और संदीप्त है कि न देखने की फ़ुर्सत है और न आसपास की अभिज्ञता।

उसके निकलते ही पीकू ने कहा, "आपको शैलजा का नंबर दे दूँ?"

"कौन शैलजा?"

"यह जो अभी गई।"

मैंने कहा "नहीं!" और सोचा कि सोनचिड़ईया का सुख उसके पिन्जरे में ही है। अबद्ध पक्षी की उड़ान उसके लिए नहीं किन्तु यहाँ मुझसे भूल हुई क्योंकि मैं सोनचिड़ईया की पीठ पर उग आए उन अणुसदृश्य श्वेत पंखों को नहीं देख पाई।

दिन बीते, महीने बीते और धीरे-धीरे तीन महीने निकल गए। काम के मध्य मन पीछे भागने लगता। प्रकाश में सब सामान्य लगता किन्तु अंधकार के होते, केश बाँधने का मन नहीं होता, आँखों में बल्ब की रोशनी चुभती और बहुत प्यास लगती।

शनिवार की सुबह ही मेरी छोटी बहन मेघा, ग्वालियर से आ गई। मम्मी-पापा की मृत्यु के बाद वही मेरा एकमात्र परिवार थी। वह और उसके पति संजय, दोनों ही एमपी सरकार में इंजीनियर हैं। हर दूसरे सप्ताहांत अपने पाँच वर्षीय बेटे को संजय के साथ छोड़कर मेघा मेरे पास आ जाती। फिर दो दिन हम घूमते-फिरते, घर पर मस्ती करते या कहीं आसपास घूम आते। सोमवार की सुबह वह वापस चली जाती। इस बार उसने खजुराहो का ट्रिप प्लान किया है लेकिन मेरा मन कहीं जाने का नहीं हो रहा।

"अरे यार दीदी, चलो ना। अगले हफ़्ते की छुट्टी ले लो और चलो। कल सुबह संजय भी गाड़ी लेकर आ जाएंगे।"

"बिलकुल मन नहीं है। तुम लोग जाओ।"

"क्या हुआ तुम्हारे मन को?"

"एक तो अगले हफ़्ते से सेमेस्टर एंड के एग्ज़ाम्स हैं और..."

"ठीक है, ठीक है। समझ गई कि नहीं जाओगी पर अभी तो चलो।"

"अब कहाँ जाना है?"

"यहाँ एक मेला लगा है।"

"तुम कब से ऐसी अनहाइजीनिक जगह जाने लगी?" मैंने उसे छेड़ते हुए कहा।

"आज से और अभी से।" इतना कहकर उसने मुझे ज़बरदस्ती बिस्तर से खींचकर उठा दिया।

हम छह बजे तक मेले में जा पहुंचे। गोधूलि बेला में रोशनी से सजी दुकानें सुंदर लग रही हैं। एक स्थान पर जादूगर अपना कमाल दिखाकर लोगों को चकित कर रहा है। गुब्बारे, खिलौने, कपड़े, जूते, कलाकृतियाँ, बर्तन, रसोई के उपकरण, घरेलू उपकरण से लेकर फ़र्नीचर तक की दुकाने हैं लेकिन जहाँ वयस्कों की भीड़ चाट और मिठाई की दुकानों पर सबसे अधिक दिखी, वहीं बच्चों और किशोरों का रेला झूलों के आसपास दिखा।

मेले के बाहर कोई लाउड-स्पीकर के माध्यम से विभिन्न दुकानों की जानकारी दे रहा था। वहीं से मेघा को बड़े झूले का पता चल गया। मुझे झूले में चक्कर आता और उसे आनंद। सो, वह तो टिकट लेकर तुरंत बैठ गई और मैं चूड़ियों के स्टॉल के पास खड़ी होकर उसकी

प्रतीक्षा करने लगी। तभी मुझे अपनी पीठ पर किसी दृष्टि की थपकी का अनुभव हुआ। मैं फ़ौरन पलटी, हमारी नज़रें मिलीं और उन लंबी पलकों ने मुझे पुनः बाँध लिया किन्तु आज उस दृष्टि में कोई संकोच अथवा देखे जाने का भय नहीं था। उन नेत्रों में मात्र देखते रहने की लालसा थी। उतनी दूर से भी शैलजा के नेत्रों की तरलता मुझे घेरने लगी। मेरी पलकों का धैर्य समाप्त हुआ और वह झुक गईं।

"दीदी, अब चलो!" मेघा के स्वर से मैं वस्तुस्थिति से परिचित हुई। तुरंत उस दिशा में देखा, जहाँ क्षण भर पहले शैलजा खड़ी थी। किन्तु वहाँ कोई नहीं दिखा। सिर झटक इस आकस्मिक भेंट को भूलने के प्रयास ने अंतर में एक पीड़ा का संचार कर दिया। लौटना तो था ही, सो लौट पड़े।

कितना अच्छा हो कि जीवन भी वाइट बोर्ड बन जाए। जो लिखा, लिख दिया। और जब मिटाया, सब समाप्त। न कोई स्मृति, न ही पीड़ा। किन्तु विडंबना तो यह है कि जीवन ब्लैक बोर्ड है। कितना भी मिटा लो, अवशेष शेष रह ही जाते हैं। हम बोर्ड को गीले कपड़े से पोंछकर सोचते हैं, मिटा दिया सब। पर पानी का दाग़ मन में ज़िन्दा रहता है, रूह के साथ जागता है, कभी नहीं सोता।

दूसरे दिन तड़के ही संजय आ गया और नौ बजते-बजते वे खजुराहो के लिए निकल गए। मैंने रविवार का पूरा दिन सोकर निकाला। शाम को कहीं निकलती कि नीलाकाश देखते-ही-देखते कृष्णवर्णी मेघों से घिर गया। सोचा कि कुछ पढ़ा जाए, पर हो न पाया। फिर कॉफ़ी बनाई और लिखने बैठ गई। आश्चर्य, लिखना स्वाभाविक लगा, जैसे मन यही चाह रहा हो। अगले कुछ घंटे लिखती रही।

जब पुनः कॉफ़ी पीने की तलब हुई, तो उठना ही पड़ा। अपनी घड़ी देखी, तो पता चला कि रात्रि के सात बज रहे हैं। बाहर ग़ज़ब की बारिश हो रही है। वर्षासिक्त मिट्टी की सुगंध से मेरा घर महक उठा है।

कॉफ़ी पीने की इच्छा ने बैक सीट ले ली। मन किया, उठकर थोड़ा भीग लूँ। पानी का रंग मन जैसा अगोचर होता है, तभी तो जिन बूँदों को मैं देख नहीं पाती उनका स्वाद मुझे प्रमत्त कर देता है। अभी उठकर बाहर जाती कि एक अभूतपूर्व घटना घटी। किसी ने किवाड़ खटखटाया। मेरा ध्यान भंग हुआ और बोली, "कौन?"

कोई उत्तर नहीं आया, पर किवाड़ पहले से भी ज़ोर से खटखटाया जाने लगा। इस असमय में कौन आया है? अभी सोचती कि खोलूँ या न खोलूँ, धीमा स्वर सुनाई पड़ा, "मैडम मैं हूँ!"

आवाज़ में स्पर्श करने का सामर्थ्य होता है। बिना देखे देख लेने का सुख भी। न होता, तो मैं कैसे जान लेती कि द्वार पर शैलजा खड़ी है। मैं उठी और अनजाने ही स्वयं को दर्पण में एक बार निहारकर किवाड़ खोल दिया।

शैलजा ही थी। मैं विस्मय से पहले तो कुछ बोली नहीं। स्थिर भाव से उसके मुख की ओर देखते-देखते और भी बहुत कुछ देख लिया। पतली बनारस कॉटन की नीली साड़ी और रुबिया का पारदर्शी ब्लाउज़ उसकी देह पर ऐसे चिपके थे, मानो साँझ आसमान लपेट कर खड़ी हो। हाय, ऐसे मौसम में इतनी पतली साड़ी में वह क्यों आ गई है? छाता साथ लेकर नहीं चल सकती थी?

"अरे, तुम तो एकदम भीग गई हो! जल्दी अंदर आ जाओ।" मेरी बात का बिना कुछ जवाब दिए वह भीतर आ गई।

एक तौलिया हाथ में लेकर मैंने कहा, "सिर पोंछ लो, सर्दी लग जाएगी!"

उसने तौलिया ले तो लिया, पर बोली अब भी कुछ नहीं। मैंने गैस पर केतली चढ़ाई और बोली, "मैं कॉफ़ी बना रही हूँ। पीती हो ना?" उसने "हाँ" में सिर हिलाया और टेबल पर पड़ी मैगज़ीन्स में से एक उठाकर

उसके पन्ने पलटने लगी। स्पष्ट था कि उसकी स्नेहपूर्ण मैत्री से गागर-सी छल उठी जलमय आँखें बात का सूत्र पकड़ने के लिए बात तलाश रही हैं। उसकी दुविधा का समाधान मैंने निकाला और बोली, "पेज नंबर 72 देखो, मेरी लिखी कहानी आई है।"

अगले ही पल उसका उल्लसित स्वर सुनाई पड़ा, "वाह, आप लिखती भी हैं?"

मैंने देखा उस शांत चेहरे पर शिशु-की-सी निष्कपट मुस्कान है। उस मरीचिका से आवृति का अब कोई मार्ग शेष नहीं लगा। बोली, "पहले कहानी पढ़कर देख तो लो, वाह के लायक है भी या नहीं!"

"रजनीगंधा के पौधे पर कांटे नहीं होते।" उसकी आवाज़ में जो था, वह मुझसे छिपा नहीं रह सका। तभी मैं चाहने पर भी उससे यह नहीं पूछ सकी कि वह यहाँ कैसे आई? वह कहानी पढ़ने में व्यस्त हो गई।

थोड़ी ही देर में मैं कॉफ़ी के दो कप लेकर चली आई। इतने समीप से पहली बार उसका चेहरा ठीक से देखा। उस श्यामल चेहरे की लुनाई थोड़ी क्षीण लगी। आँखों के नीचे क्लांति की झाईं है, चिकने चेहरे पर चिंता की कुछ झुर्रियां भी दिखीं किन्तु काजल की मोटी रेखा के कारण आँखों के कत्थई रंग की गहराई चेहरे को और आकर्षक बना गई थी। मैं तो उसे एकटक देखती कप थमाना भी भूल गई लेकिन शैलजा ने कप स्वयं उठाकर मुझे उबार लिया।

शैलजा के कप थाम लेने के बाद मैं स्वयं दूसरा कप थाम उसी के सामने धरी कुर्सी पर बैठ गई।

"नाउ टेल मी, कैसे आना हुआ?" अपनी स्निग्ध हँसी से सँवारने के बाद भी मेरा ही प्रश्न मुझे कचोट गया किन्तु कुछ प्रश्नों का पूछा जाना आवश्यक होता है।

शैलजा ने सिर झुका लिया। संभव है मेरे प्रश्न ने उसके आहत चित्त को और भी विचलित कर दिया क्योंकि उसके हाथ का प्याला काँप गया। होंठ हिले लेकिन फिर डबडबाई आँखों ने कंठ को अवरुद्ध कर दिया।

"जाने दो, रहने दो!" उसे यूँ देखना मुझे असहनीय प्रतीत हुआ लेकिन वह बोली।

"बाबूजी ने बड़ी धूमधाम से मेरी शादी की थी। लड़का देखने में ठीक-ठाक है, चरित्रवान है क्योंकि शराब, सिगरेट और मांसाहार का नशा नहीं है। और तो और अपनी ही जाति में विवाह का इच्छुक है। सरकारी नौकरी, इकलौती संतान। भला ऐसा लड़का पसंद न करने का कोई चारा है। तब मैंने बारहवीं की परीक्षा दी थी।"

"लोग कहते थे, मेरा रंग बहुत दबा हुआ है, शादी होने में देर लगेगी। फिर भी जब उसने मुझे पसंद कर लिया, तो मेरे ऐतराज़ करने की कोई वजह न थी। और ऐसा तो कोई था भी नहीं जिसके लिए घरवालों की पसंद पर पानी फेर दूँ। हाँ, पढ़कर नौकरी करने का सपना देखा था। पर असल जीवन में सपने सच कहाँ होते हैं। शादी से पहले मैंने इन्हें नहीं देखा। बाबूजी ने देखा, घर के सभी लोगों ने देखा, तब मुझे देखने की क्या ज़रूरत!

यूँ भी लड़के के चेहरे को देखता कौन है! घी का लड्डू, टेढ़ा भी भला लेकिन इनके घरवाले मुझे देखने आए थे। हमारे समाज में प्रचलित सुंदरता की परिभाषा में मैं फ़िट नहीं बैठी। फिर भी इन्होंने शादी से मना नहीं किया क्योंकि हमारी जाति में लड़की देखकर छोड़ने की परंपरा नहीं है। ऐसा तो छोटी जातियों में होता है ना। यह बात दूसरी है कि ऐसी स्थिति में शादी थोड़ी और महंगी हो जाती है।"

वह कहते-कहते चुप हो गई, और मैं उसकी गर्दन पर बनती-मिटती रेखाओं को देख रही हूँ। जानती हूँ, कितना कुछ कहा गया, पर अभी

कितना कुछ शेष है। तभी कुछ कहा नहीं, बस अपनी अनामिका को उसकी गर्दन पर फिरा दिया। कहते हैं कि इस उंगली के नीचे सूर्य होता है। क्या इसलिए वह चिहुँकी! हाँ भी और नहीं भी। उसकी भूरी चमड़ी में लहरें जैसी उठीं, पर बोली वह भी कुछ नहीं। फिर धीरे से उसने एक आह भरी और मैंने अपनी उंगली हटा ली।

उसने पुनः बोलना आरंभ किया, "रात भर ये मेरे साथ कुछ करने की कोशिश करते रहते। मैं वह सब करती हूँ, जो ये चाहते हैं। क्योंकि ऐसा ही तो होता है लेकिन मुझे बेचैनी सी लगती। कभी-कभी दर्द इतना होता कि रो पड़ती हूँ। मुझे लगता है कि कोई पुरुष स्त्री की पीड़ा और सुख के बीच अंतर नहीं कर पाता। तभी तो इनको भी मेरी कराह में मेरा सुख सुनाई पड़ा, कष्ट नहीं!"

इस बार मैं चुप नहीं रह पाई और बोली, "यह तुम्हारा भ्रम है। पुरुष को सब सुनाई देता है। वह सब समझता भी है। वह इतना अक्षम नहीं। यूँ भी शब्दों की ज़रूरत देह को नहीं पड़ती। देह की अपनी भाषा होती है।"

"माने?" उसकी आवाज़ ऐसी थी, जैसे मैंने कोई असंभव बात कह दी हो।

"माने ये कि तुम्हारे पुरुष की देह भी कोई अलग मिट्टी से नहीं बनी। वह सुनता इसलिए नहीं क्योंकि वह सुनना चाहता नहीं। संतुष्टि के पल में स्वार्थ इतना हावी हो जाता है कि उसका दिमाग़ एकमात्र अपनी उत्तेजना पर ही केंद्रित होकर रह जाता है। तुम्हारे दर्द को सुख का नाम देकर उसका पौरुष विजयी अनुभव करता होगा।"

अनमनी-सी शैलजा, बिना किसी अभ्यर्थना के बोली, "मुझे तो समस्या अपने भीतर लगती थी। मेरे भीतर एक अपराधबोध काम करने लगा। रात को वह जैसे भूख से तड़पते भिक्षुक की तरह मुझ पर टूट पड़ता।

मेरी समूची देह सिहर उठती। डर, शर्म और अपराधबोध मिलकर मुझे तोड़ने लगते। मेरी प्रॉब्लम कहाँ है, मैं ढूँढती रहती लेकिन नहीं मिलती। रह-रहकर लगता कि इनसे बात करूँ। पर फिर सोचा, जिस घर में स्त्री की हद रसोई और बिस्तर से तय हो, वहाँ मेरी दुविधा को बीमारी का नाम देने में कितना समय लगेगा। अपनी माँ से कह पाने जितना साहस तो कभी नहीं रहा। मेरी तो ऐसी कभी कोई सहेली भी नहीं रही, जिससे अपने मन की ऐसी बेचैनी को कह सकूँ। और फिर एक दिन..." वह कहते-कहते रुक गई।

"क्या हुआ एक दिन?" मैंने पूछा। हालाँकि वह क्या कहते-कहते रुक गई है, यह समझना कठिन नहीं रहा।

"क्या हुआ, यही तो नहीं जानती लेकिन उस दिन पार्लर से लौटने के बाद सब कुछ बदल गया। उस रात जब ये मेरे क़रीब आए, तब मैंने इन्हें नहीं, आपको देखा। मैंने इन्हें अपनी बाँहों में लपेट लिया। फिर यूँ हुआ, जैसे मुझमें कोई जलप्रपात प्रवाहित हुआ और मैं पसीने में नहा गई, लथपथ हो गई। उस रात के बाद ऐसा बहुत सारी रातों तक चलता रहा। आप नहीं होकर भी हमारे साथ होने लगीं। आपको देखने का लोभ मुझे यहाँ बार-बार आने को मजबूर करने लगा। लेकिन आज, आज..."

"आज ऐसा क्या हुआ, जो तुम मुझसे मिलने आ गई?"

"आज नहीं कल। कल आपको उस लड़की के साथ देखकर मैं बेचैन हो गई। अपने भीतर की जिस दुर्बलता को समझकर भी मैं नासमझ बने रहने का अभिनय करती रही, वह मेरे सामने मुखर होकर प्रकट हो गई।"

"तुम जिसे दुर्बलता कह रही हो, वह आत्मबोध है!"

"मैं यह सब नहीं जानती। जानती हूँ तो बस इतना कि अगर आज मैं न आती, तो शायद पागल हो जाती।"

उस क्षण उसका चेहरा कितना करुण प्रतीत हुआ। मुझे यूँ देखता देख, उसने पीठ फेर ली। बीच-बीच में विवश दबी सिसकी में उठती-गिरती उसकी पीठ देखकर मैं समझ गई, वह रो रही है। मैं धीरे-धीरे चलकर उसके पास गई और बोली, "वह लड़की, मेरी छोटी बहन है!"

मेरी आवाज़ में पता नहीं क्या था कि वह तुरंत पलटी और हम दोनों कुछ देर तक यूँ ही एक-दूसरे को मुग्ध आँखों से देखते रहे। मैंने उसके दोनों हाथ पकड़े और कुर्सी से उठाकर बिस्तर पर बैठा दिया। बोली, "आज जहाँ तुम खड़ी हो, वर्षों पहले वहाँ मैं थी। तुम्हारे भीतर चल रहा यह संघर्ष, तुम्हें स्वतंत्र कर देगा।"

"पर मैं तो ऐसी नहीं थी कभी।"

"ऐसी मतलब कैसी?"

मेरी बात पर वह तनिक झिझकी और बोली, "मतलब मैं तो नॉर्मल हूँ, थी!"

"नॉर्मल! क्या होता है नॉर्मल होना। समाज के नॉर्मल की परिभाषा ही मेरी समझ के परे है। जिस ईश्वर को न कभी देखा और न जो कभी हमारे दुःख में हमारे साथ खड़ा हुआ, उस ईश्वर से प्रेम करना सामान्य। और हाड़-माँस के मनुष्य से प्रेम करना असामान्य। क्यों, क्योंकि वे दोनों एक ही जेन्डर के हैं। मनुष्य को स्त्री, पुरुष, गे, ट्रांसजेन्डर आदि के डिब्बे में डालना समाज के लिए बहुत आवश्यक है। जेन्डर को हवा की तरह स्वतंत्र क्यों नहीं छोड़ देते। प्रेम पर इतनी बंदिश क्यों! मेरी दो टांगों के मध्य मेरे शरीर का एक अंग है। वह मेरी पहचान नहीं हो सकती। इतनी सी बात समझना कठिन क्यों है।"

कंधे पर रखा हुआ तौलिया जिज्ञासा, कौतूहल की झंझा में उड़कर खुले तंबू-सा नीचे ढह गया। किसी आश्चर्यचकित मुग्ध बालिका सी वह मुझे देख रही थी। हँसकर मैंने उसे आलिंगनबद्ध कर लिया और

बोली, "इस धरती की एकमात्र प्रकृतिस्थ घटना जीवन-मृत्यु है, जिसे तुम शायद नॉर्मल कह सकती हो। इसके अतिरिक्त सभी कुछ थोड़ा-बहुत असामान्य है।"

शैलजा अब तक कुछ नहीं बोली थी। अचानक ही स्वयं को मुझसे अलग किया।

"मुझे तो समाज का अस्तित्व ही असामान्य लगता है। एक अज्ञात हाथ में हम लोगों का नियंत्रण है। क्या खाना है, क्या पहनना है, किससे प्रेम करना है, किससे विवाह करना है, कितना बोलना है, कब चुप हो जाना है आदि आदि। यह सब नॉर्मल है। और मैं एब्नॉर्मल। क्यों इला मैडम!"

मैंने उसके साँवले चेहरे को सूर्य की तरह दमकते हुए देखा। वह पलंग पर ही बैठी थी। मैंने अपना तप्त चेहरा उसके चरणयुगल पर रख दिया। और बोली, "तुम मुझे इला क्यों नहीं कहती?"

उसके काँपते अधरों पर मेरा नाम फिसला, "इला!"

"हाँ शैलजा!"

कुछ समय का मौन। संभव है कि संसार का सबसे लंबा और प्रभावकारी संवाद कुछ ऐसा-सा ही होता होगा। जहाँ कहना-सुनना, नाम पुकार लेने की हद में ही समाप्त हो जाता है। इसके बाद शब्दों का अधरों पर आना फ़िज़ूल लगता है।

मैंने देखा उसका भीगा शरीर अब काँप रहा है। मैंने अपनी तपती आँखों को उसके चेहरे पर टिका दिया। सिर से चेहरा, चेहरे से पूरा शरीर। मैं बिस्तर पर उसके समीप ही बैठ गई। इस बार मेरे तपते हाथों ने उसकी रूह का स्पर्श किया। उसने अपनी आँखें बंद कर लीं।

उसकी सिक्त देह के स्पर्श से मेरी उष्णता सिहर उठी। बाहर बारिश फिर तेज़ हो गई।

एक बार पुनः बूँदों के साथ मिट्टी की सुगंध ने कमरे में प्रवेश किया किन्तु इस बार पसीने की सुगंध में घुलकर वह और मादक हो गई। जिस ठूंठ पर कभी बूंद भी न गिरी हो, उसके भीतर तो प्यास का बोध भी नहीं होता और फिर जब उस पर अनायास ही मेह बरसने लगे, तो वह एक अनजानी दुनिया में खोने लगती है।

वह समझ ही नहीं पाती कि उसकी देह के भीतर क्या कुछ हो रहा है। कभी लगता कि प्यास बढ़ रही है, तो कभी प्रचंड अग्नि देह को जलाने लगती। कभी लगता देह-भर लंबी प्यास अब बुझने को है, तो अगले ही पल गला सूखता जाता। कभी यूँ लगता जैसे रुई के फ़ाहे से भी हल्की दो देह, एक-दूसरे में समाविष्ट उड़ रही हैं, तो कभी मृत्यु संग निद्रा के विहार का अनुभव होता।

तभी अचानक यूँ लगा जैसे बाहर हो रही बरसात ने खिड़की के रास्ते घर में प्रवेश कर लिया है, और अब हम पर अनवरत बरस रही है। अवश हो, दो देह एक साथ चीखीं, "आह!"

लेपर्ड लिली

"संसार इंद्रधनुष नहीं है!"

"इंद्रधनुष ही तो है। इतनी विविधताओं से भरा हुआ किन्तु संसार के इंद्रधनुष में रंगों को गिन पाना संभव नहीं।" मैंने उसकी बात का जवाब दिया और पुनः पेंटिन्ग बनाने में तल्लीन हो गई।

"मैं कौन-सा रंग हूँ!" उसकी आवाज़ की तल्खी मुझे थप्पड़-सी लगी, पर मैं मुस्कराई।

बोली, "तुम स्लेटी रंग हो।"

"माने?"

"माने नीरस।"

"इतना नीरस हूँ, तो छोड़ क्यों नहीं देती?"

"क्योंकि मैं क्रिम्ज़न हूँ। रक्तिम लाल। ये दोनों ऐसे क्लासिक और परिष्कृत रंग हैं कि जब इन्हें एक साथ जोड़ा जाता है, तो वे एक-दूसरे पर पॉलिश प्रभाव छोड़ते हैं। स्लेटी की नीरसता में क्रिम्ज़न के रहस्य के घुलते ही क्रिम्ज़न थोड़ा मुखर और स्लेटी थोड़ा सरस हो जाता है। रंगों की यदि रूह होती, तो मैं दावे के साथ कह सकती हूँ कि ग्रे और क्रिम्ज़न एक ही रूह के दो टुकड़े हैं!"

"बातें बनाना कोई तुमसे सीखे।"

"मैं तो मन की कहती हूँ। बातें बनाना ही तो नहीं जानती।"

"इतना गहरा प्रेम, तो शादी से इनकार क्यों?"

"प्रेम है, तो विवाह की अनिवार्यता क्यों?"

"तुम समझती क्यों नहीं! इस समाज में प्रेम नहीं, विवाह सम्मानित है।"

"तुम्हारे समाज का यह दोगलापन ही तो मुझे चुभता है। यहाँ राधा-कृष्ण तो पूजनीय हैं किन्तु प्रेमी युगल दंडनीय।"

"क्या एक तुम्हारे विवाह न करने से समाज में क्रांति आ जाएगी?" वह चीखा।

"तुम क्यों नहीं समझते कि मेरी प्रॉब्लम शादी नहीं, शादी करने का कारण है। समाज मुझे नहीं बता सकता कि मुझे शादी कब और किससे करनी है। मैं जब भी शादी करूँ, हमारे लिए करूँ, समाज में अपने रिश्ते को सम्मानजनक बनाने के लिए नहीं।"

"हमें आज न कल तो शादी करनी ही है! फिर आज क्यों नहीं?"

"क्योंकि अभी प्रेम का कोंपल फूटा भर है, उसे विकसित होने में समय लगेगा।"

वह धीरे-धीरे उठ बैठा। बोला, "क्या यह प्रेम नहीं?"

"अभी नहीं!"

"फिर प्रेम है क्या?"

मैंने क्षण भर मौन रहकर पूछा, "क्या तुमने मेरी नई पेंटिन्ग देखी?"

मेरे निर्विकार पत्थर-मूर्ति के समान चेहरे को देखकर उसने लंबी साँस भरकर कहा, "इतना तो समझ गया कि मेरे सवाल का तुम कभी सीधा

जवाब तो नहीं दोगी। सो, अपनी पेंटिन्ग ही दिखा दो। तुम्हें तो नहीं पढ़ पाया, शायद उसे ही समझ लूँ।"

मैंने उसकी गर्म हथेली को अपनी ठंडी उँगलियों में बाँधा और पेंटिन्ग के सामने खड़ा कर दिया। उसने देखा पूरे कैनवस पर लाल, पीला और नारंगी रंग ऐसे बिखरा हुआ है, जैसे ये रंग अलग होकर भी एक हों, जैसे तीन रूहों के मिलन ने एक काया का निर्माण किया हो। ध्यान से देखने पर पता चला कि कुछ महीन रेखाओं से उन रंगों को बाँधने का प्रयास किया गया है। इतना ही नहीं, ब्रश के स्ट्रोक यूँ मारे गए हैं कि रोशनी से दूर जाते ही पेंटिन्ग के रंग सिकुड़ते से लगते।

"शायद यह कोई फूल है।" वह मानो स्वप्न से जागकर बोला।

"सही पहचाना। इसे लेपर्ड लिली कहते हैं। पिछले वर्ष जब त्रिपुरा गई, तब वहाँ इसे पहली बार देखा। यूँ तो इसकी सुंदरता भी मन को मोहने के लिए पर्याप्त है लेकिन मैं इसके आकर्षण में किसी और वजह से बँधी।"

"कौन-सी वजह?"

"एक दिन मैंने देखा कि इसकी पंखुड़ियाँ सूरज के आने के साथ खुलतीं और उसके ढलते ही बंद हो जातीं।"

"हम्म। ऐसा तो कुछ और फूलों के साथ भी होता है। इसमें क्या विशेष है?" वह यूँ बोला, जैसे बात समाप्त करना चाह रहा हो।

"विशेष यह है कि मैं ग़लत थी। पहले-पहल मैंने भी इसके अनुराग को सूर्य के साथ जोड़कर देखा लेकिन एक दिन मेरा यह भ्रम तब टूटा, जब मैंने दिन के समय भी इसकी बंद पंखुड़ियों को देखा।"

"क्या?"

"हाँ! और यह विशेष था। हुआ यूँ कि उस दिन सूरज और बादलों के बीच लुका-छिपी का खेल चल रहा था। सूरज आता और फिर चला जाता। धूप थी, पर लिली नहीं खिली। उस पूरे दिन वह नहीं खिली और तब मैंने जाना कि लेपर्ड लिली का प्रेम सूरज नहीं, उसकी किरणों से बना एक विशेष तापमान है। क्या प्रकृति के इस इंद्रजाल से सुंदर प्रेम की कोई परिभाषा हो सकती है! क्या मिलन और विरह की इस कथा में प्रेम की पवित्रता नहीं है! प्रेम की वह गहराई, जहाँ संवाद मौन हों और भावना मुखर।"

वह इसके उत्तर में ज़रा हँसकर बोला, "अब समझा।"

"क्या समझे?"

"यही कि स्पर्शहीन स्पर्श को पढ़ लेना ही प्रेम है!"

द्रोहिणी

वह बुद्धिमान थी या मूर्ख, हठी थी या साहसी, क्रोधिनी थी या मानिनी, कह नहीं सकते क्योंकि जिसे एक बल समझता है, दूसरा मूढ़ता और तीसरा आत्मघात। वह रंगशून्य, विमनस्क, प्रशांत, प्रपीड़ित जान पड़ती थी। किन्तु क्या आश्चर्य, स्वयं की ऐहिक पीड़ा से अविचलित वह चली जा रही थी। समाज की आकांक्षा, वासना तथा अपेक्षा से तप्त धरती पर उसके पाँव जल रहे थे। उस श्यामल मुख पर झूलते कुंचित रेणुकामय लंबे केश तथा अधरों पर संघर्ष की जमी सूखी पपड़ी किन्तु नेत्रों में भय का लेशमात्र भी नहीं था। वह आहत थी, वह प्रसन्न भी थी। उसके नेत्र छलक रहे थे किन्तु अधरों पर मुस्कान खेल रही थी। वह प्रगल्भा पीड़ित थी किन्तु पराधीन नहीं। वह द्रोहिणी थी।

द्रोहिणी क्यों?

समाज की स्त्री के प्रति जो भावनाएँ हैं, वह उनकी उपेक्षा करती है। क्या इसी से वह द्रोहिणी हो गई? एक बड़े आदर्श के लिए उसने अनेक छोटे स्वार्थों को त्याग दिया, क्या यह द्रोह है? यह जानते हुए कि वह स्त्री है, उसने अपकार तथा उत्पीड़न का न केवल मौखिक विरोध किया वरन आंदोलन का अंग बन गई, क्या यह कुकर्म था? हमारे देश में एक अरब अड़तीस करोड़ लोग रहते हैं। अगर वे सब थोड़ा-थोड़ा भी मिलकर काम करें, देश की बहुत सेवा हो सकती है। फिर होती क्यों नहीं?

कारण, कि बहुमत चाहता है निखट्टुओं की तरह घर बैठकर गुलछर्रे उड़ाना, धर्म, जाति, भाषा, क्षेत्र तथा लिंग के आधार पर स्वयं को श्रेष्ठ बताना तथा न्याय-अन्याय को स्वार्थ के तराजू पर तौलना!

देशभक्त! हाँ, हमें देशभक्त कहलाने का चाव है। देशभक्ति की व्याख्या भी मिल-बैठकर तय करते हैं। यहाँ देशभक्ति का पर्याय सत्ताभक्ति है किन्तु उसे देशभक्त कहलाने का चाव नहीं था। उसमें यह पाखंड, यह झूठा दंभ नहीं था। पर क्या यह द्रोह है?

हमारे देश में स्त्री तथा पुरुष के लिए भिन्न व्यवस्था है। पुरुष को द्रोह के आरोप में बंदी बनाया जाता है किन्तु उसकी शयनकक्ष प्रकृति तथा यौन जीवन पर आलेख नही लिखे जाते। द्रोहिणी स्त्री तो चरित्रहीन मान ली जाती है। उसके चरित्र की परिभाषा उसकी योनि में बंद होती है। यदि वह गर्भिणी हुई, तो उसे अपने वैवाहिक होने का प्रमाण देना होता है। जो उसने ऐसा नहीं किया, उसे पुंश्चली की संज्ञा दे दी जाती है। भारत के क्षुद्र हृदय समाज के लिए स्त्री का द्रोहिणी होना अक्षम्य अपराध है। क़िस्से-कहानियों में, बातों में तो कहते हैं, स्त्री पूजनीय है, शक्ति है, पर वास्तविकता में स्त्री का स्वातंत्र्य उन्हें चुभता है। तभी तो कितनी कठोरता से उसके नैतिक स्वातंत्र्य का दमन कर दिया जाता है किन्तु वह स्वयं शक्ति थी। उसके पथ के काँटे, विद्वेष के हों, उपेक्षा के हों, तिरस्कार के हों और हों घृणा के, उसकी चाल ही उसकी विजय थी।

वह कॉलेज में पढ़ाती थी। उसका नाम सरोज था। अपने विद्यार्थिगों को पतन की ओर अग्रसर होने से रोकती थी। वह उन्हें प्रश्न पूछना सिखाती थी। फिर उसे कहा गया, मौन रहो तथा मौन रहना सिखाओ। उन्होंने जो नारकीय कुकर्म किए हैं, उसे छिपाने के लिए रेत की दीवार खड़ी कर रहे थे। इतनी घोर आत्म-प्रवंचना, इतना पाखंड सरोज के लिए असंभव था। उसने उनके दंभ को तोड़ दिया, दीवार ढह गई, वह पतिता हो गई।

उस दिन जब पुलिसवाले सरोज के पास आए और बोले, "मैडम, आपके मित्र राजनाथ की खूब ख़बर ली है। उसने बताया कि उससे

पहले भी आपके बहुत मित्र रहे हैं। स्वच्छंदता में एक नशा है, क्यों!? द्रोह तो फ़ैशन है आप जैसी स्त्रियों के लिए!"

तब किस तत्परता से वह बोली थी, "जीवन को जीने का अधिकार मुझे प्रकृति ने दिया है। मैं किसी समाज, व्यवस्था अथवा व्यक्ति को जवाबदेह नहीं हूँ। अपनी समझ में तो मैंने कानून को कोई हानि नहीं पहुँचाई है। साथ ही कानून को भी मेरे चरित्र तथा जीवन-पद्धति का निर्धारण करने का कोई अधिकार नहीं।"

वे सरोज को अपने साथ ले गए। भक्ति तथा द्रोह एक ही व्यवस्था के दो चेहरे हैं। संसार ने क्या कहा? क्या कहता? वह पहले से ही सब कुछ जानता था।

परिवार! जो अपने थे, बे थे, पर अपने थे कितने!

अदालत! अभी उस दिन जज ने स्वयं कहा था कि वह द्रोहिणी थी! फ़ैसला आने तक जेल में ही रहना था।

मृत्यु के बाद शरीर जब जलता है, तब उसे कोई दुःख नहीं होता क्योंकि तब आग की तपन का अनुभव शरीर नहीं कर सकता। पर जब शरीर साकार है और फिर उसे अग्निकुंड में जलना पड़े, जबकि वह एक आदर्श के लिए खड़ा हो, तब शरीर जलता है और आत्मा प्रकाशित होती है।

कैसी वीभत्स थी वह कोठरी! सामने दरवाज़ा था, जिसमें सींखचे लगे हुए थे, कारागार। उसके आगे पतला गलियारा था और फिर एक सफ़ेद दीवार, शून्य। हाथों में ज़ंजीर नहीं, शरीर पर नंबर था, बंधन। कोठरी के ऊपर छोटा-सा रोशनदान था, आकाश, आशा। कोठरी की दीवारों पर से सफ़ेदी उड़ने लगी थी। अलग-अलग ईंटें साफ़ दिख रही थीं। जब भी आसमान बरसता उनके मध्य से मिट्टी गिरने लगती और फिर उसमें से सीलन की सड़ांध आने लगती थी पर सरोज को उस

सड़ांध से आत्मीयता होने लगी थी, जैसे कोई प्रिय, यदा-कदा उसका हाल पूछने आ जाता हो। कभी-कभी छत पर पंखों के फड़फड़ाने की आवाज़ आती थी। भाग्य से वे परिन्दे, मनुष्य नहीं थे।

ऐसा नहीं था कि सरोज को मृत्यु का भय नहीं था। किसी भावी अनिष्ट की प्रतिछाया निःशब्द उसके वृत्ताकार घूम रही थी और वह आँखें बंद कर सोचती रहती, भविष्य के क्रोड़ में उसके लिए क्या छुपा था! बहुत देर तक सोचने के पश्चात भी उसे अंधकार के अतिरिक्त कुछ स्पष्ट नहीं होता। फिर अपनी संभावनाओं पर विचार करती। अपने कर्त्तव्य को करने के कारण झेल रहे कष्टों पर विचार करती किन्तु परिणाम एक ही होता, इस महान व्रत को करते हुए वर्षों जेल में पड़े रहने की प्रतिज्ञा। यदि वह यहाँ रहकर, एक उच्चतर आदर्श का निर्माण कर सके, तो फिर इस संग्राम को सर्वथा अकलंक हाथ प्राप्त हो सकते हैं।

प्रेम!

सरोज को एक स्मृति आती है। एक पुरुष उसकी पीठ पर प्रेम लिख रहा था।

वह कहता था, "सब कुछ भूलकर एक प्रेमव्रत निभाऊँगा।"

वह कहती, "परंतु क्या तुम्हारे पास समाज के तुमुल का उत्तर है?"

वह कहता, "मेरा समाज तुम और मैं हैं!"

वह हँसती और कहती, "प्रेम बड़ा भारी आदर्श है। पुस्तकों में पूजनीय और वास्तविकता में अशोभनीय।"

वह चुपचाप सुन गया, क्षण-भर एक शब्द भी नहीं बोला।

फिर बोला, "प्रेम की परिधि मात्र शरीर तो नहीं है। वह विशाल, सर्वव्यापी, निराकार है, यानी परमेश्वर है। जो इतना गूढ़ है, उसे

समझना क्या इतना सरल होगा! अपने हृदय के गुप्त कोने में सभी इस काव्यमयी प्रेरणा का अनुभव करते हैं किन्तु प्रकट करने में निर्लज्जता समझते हैं। प्रेम नफ़रत की पराजय है और नफ़रत पर संसार का व्यापार चल रहा है।"

दो प्रेमिल हृदयों के भीतर पीयूष-सलिला बहती और उन युगल मूर्तियों के मुख पर अनुराग की लालिमा तृप्त होकर पुनः तृषित होने की लालसा धीरे-धीरे बढ़ती जाती। फिर आलिंगन और समर्पण किन्तु परिस्थिति ने परिवर्तन को जन्म दिया। एक दिन उसके घर के बाहर सामना हुआ। उसने एक बार आँख भरकर देखा, पर बोला कुछ नहीं। फिर दोनों चल दिए किन्तु एक साथ नहीं, अलग-अलग। सरोज चली सड़क की बायीं ओर, जहाँ आंदोलन खड़ा था और वह दायीं ओर, जहाँ सत्ता खड़ी थी। और उनके मध्य का वह व्यवधान ऐसा हो गया, मानो वह ब्रह्मांड के विस्तार के दोनों छोरों पर बँधे हुए, समीप आना एक दुरूह स्वप्न। होता भी क्यों न, नफ़रत पर ही तो संसार का व्यापार चल रहा था।

फिर मस्तिष्क-पटल पर दूसरी स्मृति चमकती है।

उस रोज़ जब सरोज अदालत में अपना बयान दे रही थी, उस समय कुछ स्त्रियाँ आकर दर्शक-श्रेणी में बैठ गईं। वह उनकी ओर देखने लगी थी। शायद उन नेत्रों में स्वयं के लिए संवेदना अथवा गौरव की एक अस्पष्ट प्रतीक्षा देखने की आस किन्तु वह वहाँ नहीं थी। उसने आँखें उधर से हटा लीं, पर कान अब भी उधर ही थे।

तभी एक 15-16 वर्ष के लड़के ने तीखे स्वर में पूछा, "दीदी, यह वही है न!"

किसी स्त्री-कंठ से निकली हुई कंपित ध्वनि ने उत्तर दिया, "यही है, कॉलेज में बलवा पढ़ाने वाली।"

तभी दूसरे स्त्री कंठ ने विष बुझी वाणी में कहा, "स्वच्छंद परिवेश में इन्हें व्याभिचार की स्वतंत्रता मिल जाती है। यह व्यभिचारिणी इसी आज़ादी के लिए मर रही है। नारीवाद का नारा लगा कर नैतिकता के पतन को बढ़ावा देना चाहती है। छी-छी-छी! ऐसी पतिता स्त्रियों के हाथों में बच्चों का भविष्य जाने से रोकना ही होगा!"

"वैसे देखने में कैसी-सी है! रंग भी दबा हुआ है! स्तनों का आकार भी कितना छोटा है!"

"स्त्री-शरीर जो है!"

और फिर एक और स्त्री कंठ, "देशद्रोही! नक्स..." फिर सरोज ने अपने कान बंद कर लिए थे।

स्त्रियों का सम्मान स्त्रियों के पास ही नहीं है। वे समझती ही नहीं कि ऐसा कर वे समाज को अपनी अवहेलना करने की अनुमति दे देती हैं। उनकी निन्दा का दायरा दूसरी स्त्री की शरीरीरिक बनावट से लेकर उसकी यौन-क्रियाशीलता तक ही होता है। स्त्री का कौमार्य ही उसके चरित्र का साक्ष्य होता है। और पुरुष, पुरुष तो सदा पुरुष रहेगा। चंचल तथा कामी किन्तु इससे उसके चरित्र पर कोई दाग़ नहीं लगता। वह वैसा है, क्योंकि वह पुरुष है, इतना कहना बहुत है। ऐसा मानने वालों में अधिकांश पुरुष तो हैं ही, स्त्रियों की भी संख्या बहुतायत में है।

पुरुषों के इस समाज ने स्त्री के लिए जो नियम बनाए हैं, उससे भिन्न सोच रखने वाली स्त्री को स्वयं दूसरी स्त्रियाँ ही अपमानित करती हैं। प्रश्न करने वाली स्त्रियाँ न समाज को पसंद हैं और न समाज की तथाकथित-सुसंस्कृत स्त्रियों को। वे इतना भी नहीं सोचतीं कि यदि कभी किसी स्त्री ने प्रश्न किया ही नहीं होता, तो वे आज जिस स्वाधीनता का लाभ उठा रही हैं, वो कैसे उठातीं! संसार में परिवर्तन

अहिल्या नहीं दुर्गा लाती है। उन्हें समझना होगा, किसी का विरोध करना ग़लत नहीं है। एक ही बात के लिए भिन्न मत हो सकते हैं किन्तु भिन्न-भिन्न मत रखने तथा उन्हें बोलने की स्वतंत्रता तो हर स्त्री-पुरुष को समान रूप से मिलनी ही चाहिए।

उसका वकील आता और जाता है। कभी-कभी कुछ मित्र भी आ जाते हैं। बाहर उसकी रिहाई के लिए प्रयास हो रहे थे। इस बार हाईकोर्ट जाने की बात हुई। इस कोठरी मे अनेक रातें समास हो गई थीं। रात की अनेक रूहें थीं। उसे लगता कि वे सभी उसके साथ साँस ले रही थीं। जो इतना कुछ वह आजकल सोच पा रही है, पहले कहाँ सोच पा रही थी। उसके कुछ साथियों का स्वार्थ कैक्टस बन आंतर को घायल कर गया था। वह अब जब आँखें बंद करती, तो बड़े-बड़े राक्षसों का समूह उसे देखकर हँसता। उसमें कुछ परिचित चेहरे भी थे।

एक रात चंद्रमा की स्निग्ध ज्योत्सना उस तक पहुँची। वह निर्निमेष उसकी ओर देखती रही। वहाँ क्या कलंक था! शायद हाँ या शायद नहीं! किन्तु मंदहास अवश्य था। वह मानो कह रहा था, कलंक के मुकुट के नीचे ही स्वरचित सुख है। अथवा कलंक एक छलावा है, वह कहीं नहीं, यहाँ तो मात्र स्वातंत्र्य है।

उस संध्या जब पुलिस लठियाँ बरसा रही थी और दोनों ओर से गोलियाँ चल रही थीं तब नाली के पानी में सरोज ने अपना प्रतिबिम्ब देखा था, आज चंद्रमा देख रही थी, स्वरूप।

वह समझ गई थी। वह कलंकित नहीं थी। वह प्रेम में थी। उसके प्रेम में आदर्श था, सेवा थी और था संघर्ष। हाँ, एक भूल थी।

सरोज, दोषी थी।

उसका दोष था, अन्य के साथ की अपेक्षा! उसका दोष था, सच्चाई को दूसरों की दृष्टि से देखना! उसका दोष था, उन मच्छरों पर विश्वास

करना, जो अपने स्वार्थ के ऊपर भिन्नाते हैं, मानवता के कल्याण का स्वांग भरकर, सत्य को काटते हैं! किन्तु अब वह जाग गई है।

सरोज ग़लत नहीं थी।

प्रायश्चित नहीं, प्रतिकार का समय, कलंक को तिलक के समान धारण करने का समय शीघ्र आने वाला था। संसार शायद फिर भी उसके नाम पर थूकेगा, थूकता रहे। कुछ मित्र अब मित्र न रहेंगे, न रहें। अब वह मात्र अपने सत्य का ध्यान करेगी, अभ्युदय हो गया।

सरोज खड़ी थी उस गोल कमरे के बीच में। वह, उसका वकील, सरकारी वकील, कुछ गवाह और जज अपने-अपने स्थान पर बैठे थे। जिरह का आरंभ हुआ। सरोज के हृदय में कंपन के स्थान पर निश्चय तथा ध्येय था। जिरह समाप्त कर वकील खड़ा हुआ। अब वह जज की तरफ़ एक नए औत्सुक्य, एक नई उत्कंठा से देख रही थी।

जज ने कहा, "इनकी गिरफ़्तारी अवैधानिक है। जिस भाषण के कारण इन पर द्रोह का मुक़दमा दायर किया गया, उसमें वैसे लटके-झटके न थे, जो अमूमन ऐसे अवसरों पर देखने को मिलते हैं। इनकी तकरीर की तासीर कुछ ऐसी थी कि वह सुनने बैठे लोगों के दिल को छू रही थी। ये बारंबार राष्ट्रवाद और कौमी एकता की अपील कर रही थी..."

इसके बाद भी जज बोलता रहा, सरोज ने मात्र इतना समझा कि उसे अविलंब रिहा करने का निर्देश दे दिया गया है।

एक हफ़्ते बाद वह बाहर आ गई, प्रकाश के निकट।

बाहर भीड़ थी। असंख्य लोग उसके समक्ष खड़े थे। सरोज ने देखा और मात्र उसने ही देखा। सभी के हाथों में भिन्न-भिन्न रंगों की कूची थी। सभी उसे अपने-अपने रंग में रंगने को विकल भी थे। सभी के पास विभव तथा स्वार्थ था। और वह, एकाकी, न्यायप्रेमी और स्त्री। तभी

न जाने कैसे मनुष्य गिद्ध बन गए। सरोज का सम्पूर्ण शरीर एक पीड़ा, भय तथा घृणा से काँप उठा। इतना समझ गई, वह रंग कोई भी चुने, जिस भी दिशा में मुड़े, नियति एक ही है, पराधीनता।

पर अब! अब उसका भाग्य-निर्णय वह स्वयं करेगी। वह स्वरचित दिशा में मुड़ेगी। यदि इस प्रवाह के विपरीत चलना ही धर्म है, तो वही सही। उसने नभ से नीलिमा, पुष्प से परिमल, सूर्य से अरुणिमा, धरती से हरियाली तथा बादल से मेह ग्रहण किया और बिखेर दिया। उसके क़दमों के नीचे एक नई धरती ने आकार लिया। वहीं सिर के ऊपर एक नया आकाश था, जिस पर अद्वितीय रंगों से बुने हुए बादल नृत्य कर रहे थे। उसका सूरज इंद्रधनुषी था और चाँद वलक्ष। उसके कंधों पर बैठा सवेरा गा रहा था और केशों में ठहरी रात अब जाग रही थी।

स्वत्व पूर्ण हुआ, प्राप्त हुआ!

गृहप्रवेश

आँखों में नींद भरी थी अथवा अतीत के कीचड़ चुभ रहे थे। सामने वाली इमारत के पीछे मैंने देखा, ज़िन्दगी के आसमान पर एक परछाईं डूब रही थी। उसके पैरों के आगे जो लक्ष्मण-रेखा जैसी एक लकीर खींची हुई थी, वह धीरे-धीरे धूमिल हो रही थी। न मालूम क्यों वह एक स्त्री जैसी दिख रही थी, मेरे जैसी दिख रही थी।

आश्चर्य था कि लगातार डूबने के बाद भी मेरे आत्मविश्वास पर एक खरोंच भी नहीं आई थी। एक हठी नदी के समान तीव्र गति से मैं लंबे जनशून्य जीवन को लाँघती-भागती जा रही थी। लगता था, मैं स्वयं नहीं दौड़ रही, कोई अदृश्य चुंबकीय शक्ति से विधि का कोई पूर्व निर्धारित भविष्य मुझे खींच रहा था।

पीड़ा और विश्वासघात या तो पराजित कर देती है अथवा एक शक्ति प्रदान करती है, जो वेदना को प्रेरणा की दृष्टि प्रदान कर देती है। आज सोचती हूँ तो लगता है किन परिस्थितियों में अपने स्वप्रों की मृत्यु को होते देखा और फिर अपनी बुझती जीवन-ज्योति को फूँक-फूँककर कुछ देर और जीवित रखने की चेष्टा करती रही।

मैं बचपन से ही साहसी रही हूँ। मेरे मम्मी-पापा मेरा विवाह विनय से करना चाहते थे। आरंभ में मुझे भी विवाह से कोई आपत्ति नहीं थी। मेरी एमएड पूरी होने के बाद हमारा विवाह होना तय हुआ। सरल स्वभाव का विनय मेरा अच्छा मित्र भी था किन्तु हमारे मध्य प्रेम जैसा कुछ नहीं था। उस समय मेरा मानना था कि मित्रता विवाह के पश्चात प्रेम का रूप स्वतः ही ले लेगी परंतु तब मैं कहाँ जानती थी कि प्रेम एक

ऐसी वृष्टि का नाम है, जो अबाध्य है। जब उज्ज्वल नाम का एक बादल मेरे तपते जीवन में ठंडक लेकर आया, मैं पिघलती चली गई थी।

मेरा बंजर हृदय उज्ज्वल के प्रेम की वर्षा में भीग गया और मम्मी-पापा के निर्णय के ख़िलाफ़ जाकर मैंने उज्ज्वल से विवाह कर लिया। हमारे विवाह के समय तक मेरी नौकरी एडहॉक टीचर के रूप में एक प्राइवेट कॉलेज में लग गई थी। उज्ज्वल चार्टर्ड एकॉउन्टेन्ट था। थोड़े से विरोध के बाद दोनों परिवारों ने हमारा रिश्ता भी मंज़ूर कर लिया। हम प्यार में थे, खुश थे।

परिवर्तन एक दैनिक प्रक्रिया है। हमारा जीवन भी बदला। विवाह के बारह वर्ष सपनों की नदी पर नंगे पैर चलते हुए पार हो गए। उज्ज्वल के नाम और काम दोनों में बढ़ोतरी हुई। उसने अपना कर्मस्थल लखनऊ से बदलकर इंदौर कर लिया। और मैं! मेरे वर्क प्रोफ़ाइल में भी परिवर्तन आया था। पार्ट टाइम शिक्षिका के स्थान पर अब मैं फुल टाइम प्रशिक्षक बन गई थी। मैं माँ बन गई थी।

स्त्री के भीतर एक माँ का जन्म कोई सामान्य घटना नहीं होती। एक बालिका जब एक युवती बनती है और जब यही युवती एक प्रेयसी बनती है, तो उसका हृदय अनेक भावनात्मक परिवर्तनों से होकर गुज़रता है। हृदय और शरीर में संघर्ष होता है और फिर इनकी इच्छाओं और संवेदनाओं का परस्पर मिलन हो जाता है।

किन्तु जब प्रेयसी माँ बनती है, तो परिवर्तनों की एक अथवा दो नहीं बल्कि अनेक स्याह गुफ़ाओं से होकर आगे बढ़ती है। गर्भावस्था के प्रथम प्रहर में एक प्रेयसी स्वयं को माँ के रूप में स्वीकार ही नहीं कर पाती। फिर शरीर में आ रहे परिवर्तन उसे एक नवजीवन का, स्वयं के भीतर अनुभव प्रदान करते हैं। मातृत्व की यह भावना शब्दों के परे होती है। मात्र शिशु को जन्म दे देने से कोई माँ नहीं बन जाता, स्वयं के भीतर मातृत्व का जन्म आवश्यक है।

मेरे बेटे स्नेह का जन्म हुआ और मुझे लगा, मेरी जीवन की बगिया में वसंत आखेट कर रहा हो किन्तु हाय रे भाग्य! मैं अपनी बगिया के अंतिम कोने में छिपकर बैठे पतझड़ को देख ही नहीं पाई और जब देखा, वसंत जा चुका था।

हर घर की एक सुगंध होती है किन्तु इसे वही पढ़ सकता है, जिसने घर की दीवारों और वस्तुओं से लेकर रिश्तों को भी सजाने और सवाँरने में अपने सौरभ बिखेरा हो इसलिए अपने घर में उस अनाधिकार प्रवेश करने वाली अजनबी सुगंध को मैंने भाँप लिया था।

कुछ दिन इसे अपनी भूल समझ मैंने स्वीकार नहीं किया लेकिन जब ये ज़िद्दी सुगंध अपनी उपस्थिति उज्ज्वल की कमीज़ पर छोड़ने लगी, तो मैं चुप न रह सकी।

"तुम कोई नई परफ़्यूम लगा रहे हो?"

"नहीं तो, क्यों!" गालों पर शेविन्ग क्रीम लगी होने के कारण चेहरे के भाव स्पष्ट नहीं थे, अलबत्ता आँखें कुछ चुगली कर रही थीं।

मैं उसकी आँखों के संदेश को पढ़ने का प्रयास कर ही रही थी कि उज्ज्वल अपने गीले चेहरे को मेरे गालों पर मलते हुए बोला, "हमारी साँसों में तो आज भी आप महकती हैं! जिसके पास बगीचा हो, वह काग़ज़ के फूलों में खुशबू क्यों ढूँढ़ेगा?"

मेरा मुखमंडल लज्जा से अरुण हो आया। "धत..!" कहकर मैंने उसे धकेल दिया और रसोई में नाश्ता बनाने चली गई थी।

अचानक मेरा हृदय काग़ज़ के फूल-सा हल्का होकर उज्ज्वल के प्रति असीम कृतज्ञता से छलक उठा था। कैसी मूर्ख थी मैं! इतना प्यार करने वाले पति पर अविश्वास किया।

लेकिन मेरी बुद्धि मेरे विश्वास को एक गुमनाम पत्र लिख चुकी थी।

सब कुछ ऊपर से सामान्य नज़र आ रहा था लेकिन मेरे भीतर कुछ दरक गया था। मेरी नज़रें जैसे कुछ तलाशती रहतीं। एक मालगाड़ी की तरह बिना किसी स्टेशन पर रुके चोरों की भाँति उज्ज्वल को निहारते मैं जी रही थी। कभी-कभी स्वयं के ग़लत होने का अनुभव भी होता।

फिर जब एक दिन ऐसा लगने लगा कि मैं इधर-उधर से आई पटरियों के संगम पर हताश खड़ी हूँ, दूर किसी इंजन की सर्चलाइट चमकी थी।

हमने स्नेह के दसवें जन्मदिन पर शानदार पार्टी का आयोजन किया था। शाम होते ही मेहमान आने लगे थे। मैं और उज्ज्वल एक अच्छे होस्ट की तरह सभी का स्वागत कर रहे थे। तभी जैसे उज्ज्वल की आँखों में एक सुनहरी पतंग-सी चमक गई और उनके होंठों ने गोलाकार होकर एक नाम पुकारा, "मो…"

मैं नाम तो नहीं सुन नहीं पाई लेकिन उस सुनहरी पतंग की डोरी को थामे उस चेहरे तक अवश्य पहुँच गई थी, जिसके हाथों में मांजा था। वहाँ मोहिनी मजूमदार खड़ी थी। उज्ज्वल के बचपन के दोस्त दीपक मजूमदार की पत्नी। उनकी बेटी सारा स्नेह की क्लास में ही पढ़ती थी।

अपने अंदर की शंका के सर्प को मैंने डाँटकर सुला दिया और अतिथियों की स्वागत में व्यस्त हो गई थी। केक कटा, गेम्स हुए और फिर खाना लगा।

कभी-कभी नारी ही नारी के लिए एक जटिल पहेली बन जाती है, तो कभी-कभी उस पहेली का हल भी। शंका के जिस विषम सर्प को मैंने सुला दिया था, मोहिनी ने उसे जगा दिया। मैंने देखा, वाइन का ग्लास थामने के साथ-साथ मोहिनी की काँपती उँगलियां, उज्ज्वल की उँगलियों को थामकर दबा दे रही थीं। मैंने वो भी देखा, खाने की मेज़ पर आमने-सामने बैठते ही मोहिनी के कोमल पैरों में उज्ज्वल के बलिष्ठ

पंजों का बंदी बन जाना, पर्दे की आड़ का बहाना बना, जान-बूझकर उनका टकरा जाना और फिर 'सॉरी-सॉरी' कह, एक-दूसरे को देख चुपके से चुंबन उछाल देना।

मैं यह सब देख रही थी। सहसा मेरी तरफ़ देखकर मोहिनी ने एक आँख मूँद ली। तब मैंने जाना कि मैं देख रही थी क्योंकि वह चाहती थी कि मैं देखूँ। उसकी आँखों में जलते घमंड और वासना की ज्वाला ने मेरे वर्षों के प्रेम और समर्पण को भस्म कर दिया था।

मैं उज्ज्वल से कुछ पूछ ही नहीं पाई। शायद मैं डर रही थी कि मैं पूछूँ और वह झूठ बोल दे अथवा उससे भी बुरा, वह सच बोल दे।

मैंने एक बनावटी जीवन जीना आरंभ कर दिया। बनावटी जीवन एक समय बाद आपको ही परेशान करने लगता है। जब तक आप इस बात को समझकर गंभीर होते हैं, तब तक बहुत देर हो चुकी होती है क्योंकि तब आपकी वास्वतिक भावनाएं ना तो कोई देखना चाहता है और ना ही आप स्वयं उन्हें समझ पाते हैं।

मैं शीशे के सामने खड़ी होकर अपनी कमी को देखने का प्रयास करती। मुझे लगता कि मेरी ही किसी भूल के कारण उज्ज्वल मुझसे दूर हो गया है। मैं मोहिनी से स्वयं की तुलना करती। स्वयं को उससे बेहतर बनाने का प्रयास करती। उज्जवल को हर संभव सुख देने का प्रयास करती। हमारे अंतरंग पलों को जीना मैंने कब का छोड़ दिया था। मेरा प्रयास मात्र उज्ज्वल का आनंद रह गया था। अपनी भावनाओं को दबाकर मैं स्वयं के प्रति इतनी कठोर हो गई थी कि हमेशा खुद को जोख़िम भरे कामों में उलझाकर रखने लगी। मानो ये सब करके मैं उसे मोहिनी के पास जाने से रोक लूँगी।

मैं यह भूल गई कि एक रिश्ता ऐसा भी होता है, जिसकी डोर आपसे इतनी बंधी होती है कि आपके मन की दलदल में उनका जीवन भी

फिसलने लगता है। वह रिश्ता होता है एक माँ और संतान का। इसका अनुभव होते ही मैं समाप्त होने से पहले जी उठी।

एक शाम जब मैं 'विवाहेत्तर संबंध क्यों बनते हैं' पर आर्टिकल पढ़ रही थी, स्नेह मेरे निकट आकर बैठ गया।

"माँ!"

"हुम्म!" मैंने उसकी तरफ़ देखे बिना पूछा था।

"आई मिस यू!"

मैंने चौंककर स्नेह को देखा।

"क्यों बेटा?"

"आप खो गई हो! अब हँसती भी नहीं! मैं अलोन हो गया हूँ!"

दर्द के जिन बादलों को मैंने महीनों से अपने भीतर दबा रखा था, वे फट पड़े और आँखें बरसने लगीं। जिस आदमी ने मेरे विश्वास और प्रेम को कुचलने से पहले एक बार भी नहीं सोचा, उसके लिए मैं अपने बच्चे और स्वयं के साथ कितना सौतेला व्यवहार करने लगी थी। मेरा मृतप्राय आत्मविश्वास जीवित हो उठा। मैंने उस दिन मात्र स्नेह को ही नहीं, अपने घायल 'मैं' को भी गले लगा लिया था।

मैंने पूरी रात सोचकर एक निर्णय लिया और अगले दिन सुबह ही दीपक मजूमदार को फ़ोन कर दिया था।

दो दिन बाद दीपक और मोहिनी मेरे लिविन्ग रूम में मेरे सामने बैठे थे। रविवार था, तो उज्ज्वल भी घर पर ही थे। सारा को मैंने स्नेह के कमरे में भेज दिया।

कमरे का तापमान गर्म था। वहाँ की ख़ामोशी में सभी की साँसों की आवाज़ साफ़ सुनाई दे रही थी। मैं और उज्ज्वल अलग-अलग कुर्सियों

पर बैठे थे। मोहिनी और दीपक सोफ़े पर एक साथ बैठे थे। सभी एक-दूसरे से नज़रें चुरा रहे थे।

“इस रिश्ते का क्या भविष्य है?” उज्ज्वल की तरफ़ देखकर बात मैंने ही आरंभ की।

“बताओ मोहिनी!” दीपक ने कहा।

उनके बीच बात हो गई थी। दो दिन पहले जब मैंने दीपक को फ़ोन किया था, तब दीपक ने मुझे उज्ज्वल और मोहिनी को रंगे हाथ पकड़ने की बात बताई थी। अपने और मोहिनी के मनमुटाव के बारे में भी बताया। मैंने जब उन दोनों को घर आकर बात करने को कहा, तो दीपक ने स्वीकार कर लिया था।

उस रात मोहिनी ने उज्ज्वल को फ़ोन भी किया लेकिन उज्ज्वल ने मुझसे कुछ नहीं पूछा और मैं... मैं तो उसके कुछ कहने का इंतज़ार ही करती रह गई। मैं तो उसका परस्त्री के प्रति आकर्षण भी स्वीकार कर लेती लेकिन ये छल और अनकहा अपमान मुझे स्वीकार्य नहीं था इसलिए जब उस दिन उज्ज्वल ने कहा, “मैं जानता हूँ, जो हुआ ठीक नहीं हुआ लेकिन प्रेम वायु है, उसे न तो सही-ग़लत की परिभाषा रोक सकती है और न समाज के बनाए गए नियम। प्रेम तो वो नदी है, जिस पर बनाए गए हर बांध को टूटना ही होता है। मैं और मोहिनी प्रेम में हैं और सदा रहना चाहते हैं!” उसकी स्वीकारोक्ति सुनकर मेरी आँखें छलछला आई थीं।

मैं एक बार उज्ज्वल को देखती और फिर मोहिनी को, फिर उन दोनों को, पागल-सी हो रही थी पर मैं रोई नहीं, बहुत रो जो चुकी थी। विवाह के प्रथम दिवसों की मधुर स्मृतियां, विवाह पूर्व उस सरल उज्ज्वल का प्रथम अनाड़ी चुंबन मुझे व्याकुल कर रहा था। उन दिनों वह मुस्तफ़ा ज़ैदी की एक शायरी मेरी आँखों को चूमते हुए कहता –

'इन्ही पत्थरों पे चल कर अगर आ सको तो आओ
मिरे घर के रास्ते में कोई कहकशां नहीं है'

आज कहाँ गया वह अनुरोध, वह प्रेम, वह आलिन्गन। न चाहते हुए मेरी नज़र मोहिनी के लंबे काले बालों पर चली गई। न जाने कितनी बार ये केश मेरे जीवन-सहचर के नग्न वक्षस्थल पर लहराए होंगे। मैंने घबराकर नज़रें नीची कर ली थीं।

"हम सोलमेट्स हैं!" मोहिनी ने कहा था।

"प्रेम थोपा तो जा नहीं सकता, तो जैसा कि मैं कल कह चुका हूँ, अलग हो जाना सही विकल्प है!" दीपक ने इतना कहकर मेरी तरफ़ देखा। तीन जोड़ी आँखें मुझ पर ठहर गई थीं।

"मैं अभी आर्थिक रूप से उज्ज्वल पर निर्भर हूँ। जब शादी घरवालों की इच्छा के विरुद्ध की, तो इस शादी का परिणाम उन पर क्यों थोपूँ! मुझे नौकरी ढूँढ़ने के लिए कुछ समय चाहिए, तब तक स्नेह के साथ मेरी भी ज़िम्मेदारी उज्ज्वल को उठानी होगी। इस घर में हम दोनों का पैसा लगा है, तो शीघ्र ही उज्ज्वल को मेरा हिस्सा भी देना होगा। स्नेह तो ख़ैर इनकी ज़िम्मेदारी हमेशा रहेगा। उम्मीद करती हूँ, तुमने मात्र जीवनसाथी के पद से इस्तीफ़ा दिया है, पिता तुम आज भी हो!"

न कोई आरोप, न आँसू, न क्रोध! उज्ज्वल ख़ामोश मुझे देखता रह गया था। जहाँ तूफ़ान की आशंका हो, वहाँ अश्रुओं की रिमझिम का भी अभाव रहा। मेरी इस उदासीनता के लिए उज्ज्वल प्रस्तुत नहीं था हमारे बीच एक छोटी-सी बात अवश्य हुई लेकिन मैंने उज्ज्वल पर क्रोध नहीं किया। क्रोध तो वहाँ आता है, जहाँ अधिकार हो। एक अपरिचित पर कैसा अधिकार!

उज्ज्वल और मोहिनी साथ रहने लगे थे। दीपक ने मोहिनी की ज़िम्मेदारियों से हाथ खींच लिया, जो सही भी था। वैसे सारा की

ज़िम्मेदारियों से उसने कभी इनकार नहीं किया। तलाक़ के पेपर कोर्ट में डाले जा चुके थे, जिस पर साल भर में फ़ैसला आने की उम्मीद थी।

चार-पाँच महीने की भाग-दौड़ और कुछ दोस्तों की सहायता से मुझे एक प्राइवेट कॉलेज में परमानेंट नौकरी मिल गई थी स्नेह और सारा का स्कूल तीन बजे समाप्त हो जाता था। बस स्टैन्ड से मोहिनी दोनों बच्चों को अपने घर ले जाती। उज्ज्वल चाहता था कि स्नेह मोहिनी को अपना ले, हालांकि मोहिनी और स्नेह दोनों ही इस प्रबंध से नाख़ुश थे। शाम को कॉलेज से लौटते हुए मैं स्नेह को अपने साथ ले आती थी।

परिवर्तन इस बार भी सभी के जीवन में आया था। अपनी पीड़ा को पीछे छोड़कर मैं स्वावलंबी हो रही थी। मोहिनी को अब दो बच्चों को संभालना पड़ रहा था, जो उसके लिए किसी चुनौती से कम नहीं था। दीपक की कंपनी ने उसका स्थानांतरण स्पेन कर दिया था और उज्ज्वल, उसके ऊपर तो अब तीन घरों की ज़िम्मेदारी आ गई थी। स्नेह और मोहिनी के अतिरिक्त, इकलौता बेटा होने के कारण उसके ऊपर अपनी माँ की ज़िम्मेदारी भी थी। पति की मृत्यु के बाद उज्ज्वल की माँ मेरठ में अपने संयुक्त परिवार के साथ रहती थीं लेकिन छुट्टियों में उनका इंदौर आना-जाना लगा रहता था। उज्ज्वल के इस निर्णय से वह भी ख़ुश नहीं थीं। वैसे इसके पीछे का कारण मेरे प्रति कोई लगाब नहीं, बल्कि वर्षों पुराना रोग कि 'क्या कहेंगे लोग' था।

लेकिन इस सब में सबसे अधिक नुक़सान दोनों बच्चों का हुआ था। उनकी तो पूरी दुनिया बदल गई थी। उनकी बालसुलभ जिज्ञासा को उत्तर ही नहीं मिल रहा था। जहाँ सारा को उज्ज्वल का उसके घर रहना पसंद नहीं था, वहीं स्नेह को मोहिनी के घर जाना।

मैं स्नेह की उधेड़बुन समझ रही थी। धीरे-धीरे मैंने उसे परिस्थिति से अवगत कराना आरंभ किया। अपने पिता से अलगाव उसके लिए सरल नहीं था लेकिन मेरा बेटा मुझसे भी अधिक समझदार था। वह

घटनाओं को देखने के साथ-साथ समझने लगा और उनका आकलन भी करने लगा था। अब इस विषय पर हमारे बीच खुलकर बातें होने लगी थीं।

प्रेम मात्र शरीर का समर्पण नहीं है, बल्कि भावनाओं के समंदर में निस्वार्थ भाव से खुद को समर्पण करने का नाम भी है। प्रेम में एक साथी की कमी को दूसरा साथी पूर्ण करता है। प्रेम शक्ति का स्रोत है और मोह दुर्बलता का सागर। प्रेम स्वतंत्रता का भाव है और मोह उलझनों से भरा हुआ, बंदिश का स्वरूप। प्रेम कुछ माँगता नहीं है और मोह मांगना छोड़ता नहीं है। प्रेम का कोई अस्तित्व मिल नहीं सकता और मोह का कोई अस्तित्व होता ही नहीं।

मोहिनी उज्ज्वल से मोहित थी लेकिन अभावग्रस्त सम्मोहन के साथ जीने के लिए समर्पित नहीं थी। उसकी ग़लती भी नहीं थी, वह एक धनी परिवार की बेटी थी। विवाह के पश्चात भी उसका जीवन सुख-सुविधाओं से पूर्ण रहा था। दीपक की आर्थिक स्थिति बहुत अच्छी थी। मोहिनी ने उज्ज्वल से भी यही अपेक्षा की थी। एक प्रेमी के रूप में सुदर्शन उज्ज्वल उसके हृदय के सिंहासन पर बैठ गया था लेकिन जब उसी प्रेमी की कमज़ोर पॉकेट का उसे पता चला, प्रेम भाप बनकर उड़ने लगा।

उज्ज्वल की हालत भी इससे भिन्न नहीं थी। प्रेयसी के नखरे उठाने का आनंद, उसकी जेब पर भारी पड़ रहा था। अब वह समझ रहा था कि जिस मुस्कान और ज़िंदादिल व्यक्तित्व से वह अपनी प्रेमिका के हृदय पर शासन कर पाया था, उसके पीछे का कारण उसकी पत्नी का समर्पण था। मैंने जिस चतुराई से घर को संभाल रखा था, उसी ने उज्ज्वल को एक तनाव रहित जीवन प्रदान किया था। समय के साथ उनका मोहभंग होना आरंभ हो गया था। उनकी लड़ाइयाँ बढ़ गई थीं।

मैंने कॉलेज के समीप एक घर किराये पर ले लिया और स्नेह को किसी अप्रिय परिस्थिति से बचाने के लिए, उसका उज्ज्वल के घर जाना बंद करा दिया था। मैंने यूँ तो पुराने जीवन की कड़वी यादों को उस मकान के साथ ही त्याग दिया था लेकिन अब भी कुछ शेष था इसलिए मेरा शरीर तो इस घर में आ गया लेकिन मेरी आत्मा चौखट पर खड़ी प्रतीक्षा कर रही थी।

"आप सो गईं मम्मी!"

कुछ पता ही नहीं चला और यादों की गाड़ी पर सवार होकर कितनी दूर निकल आई थी। स्नेह पुकारता नहीं, तो कुछ देर यूँ ही बैठी रहती।

"नहीं बेटा, बस आँखें बंद कर कुछ सोच रही थी! क्या हुआ? तुम तो बाहर खेल रहे थे!"

"बाहर पापा खड़े हैं!"

"पापा!"

"हम्म!"

"तुम अपने कमरे में टॉयज़ लगाओ, मैं पापा से मिलकर आती हूँ!"

एक साल, दो महीने, पाँच दिन और चार घंटों बाद उज्ज्वल मेरे सामने बैठकर अपनी ग़लती की माफ़ी माँग रहा था। उसकी प्रेमिका अपने रिश्ते को एक और मौक़ा देने अपने पति के पास स्पेन चली गई थी। पराजित प्रेमी अपनी त्यक्त पत्नी के पास वापस चला आया, इस आशा के साथ कि वह इसे अपना सौभाग्य समझ उसकी बाँहों में समा जाएगी। भटकना पुरुष का स्वभाव है और प्रतीक्षा स्त्री की नियति। समाज भी सोचता है कि परित्यक्ता पत्नी को पुनः पति का सान्निध्य प्राप्त हो जाए, उसके लिए इससे बड़ी ख़ुशी और क्या होगी!

"अमोदिनी!"

"हम्म!"

"मुझे माफ़ कर दो!"

"क्यों?"

"मेरे अपराध के लिए!"

"तुम जानते हो तुम्हारा अपराध क्या है?"

"मैं मोहिनी के जाल में फँस गया था।"

उज्ज्वल की बात सुनकर मैं ज़ोर से हँस पड़ी थी। वह अचंभित होकर मुझे देखने लगा।

"इस पुरुषसत्तात्मक समाज के लिए कितना सरल है, स्त्री को दोषी कह देना। क़दम दोनों के भटकते हैं, मन दोनों का चंचल होता है और चरित्रहीन स्त्री हो जाती है। स्त्री को अपराधी बना तुम स्वयं फिर से पवित्र हो जाते हो। मोहिनी ने तुम्हें नहीं, तुम दोनों ने एक दूसरे को छला है। प्रेम तुम दोनों का अपराध नहीं है, विश्वासघात है।"

"दीपक और मोहिनी अपने रिश्ते को एक मौक़ा दे रहे हैं।"

"उनके रिश्ते में रिश्ता कहने लायक कुछ शेष होगा?"

"तुम अब भी मुझसे नाराज़ हो?"

"बिलकुल नहीं! मैं तो तुम्हारी आभारी हूँ। मेरे स्वाभिमान पर, मेरे विश्वास पर मारे गए तुम्हारे एक थप्पड़ ने मेरा परिचय मेरी त्रुटियों से करा दिया। आज मैं यह समझ पाई हूँ कि किसी भी प्रेम और रिश्ते से ऊपर होता है मनुष्य का स्वयं के प्रति सम्मान और प्रेम। इसीलिए हर स्त्री को अपना आर्थिक प्रबंध रखना चाहिए। समय और रिश्ता

बदलते देर नहीं लगती। स्त्री के लिए विद्या का उपार्जन और धन का संचय आवश्यक है। एक खूबसूरत सपने में रहना अच्छा लगता है लेकिन इतना ध्यान रहे कि सपना टूट भी सकता है। मूसलाधार प्रलय से बचने के लिए हर स्त्री को एक रेनकोट तैयार रखना ही चाहिए।"

"स्नेह के लिए!"

"हर रिश्ता प्रेम और विश्वास पर टिका होता है। प्रेम तो मैं तुमसे करती नहीं और विश्वास इस जीवन में कभी कर नहीं पाऊँगी। यदि स्नेह के लिए हम साथ होते भी हैं, तो आगे जाकर यह रिश्ता कड़वाहट और छल को ही जन्म देगा। ऐसे विषैले माहौल में न हम खुश रह पाएंगे और न स्नेह।"

"अमोदिनी, काश कि मैं तुम्हारे योग्य हो पाता!" उसने अपना सिर झुका लिया।

"कल सही समय पर कोर्ट पहुँच जाना।" मैंने कहा और कल को वहीं छोड़ आगे बढ़ गई।

आज मैंने घर की चौखट लाँघ गृहप्रवेश कर लिया था अपने घर में, जहाँ उज्ज्वल की कोई जगह नहीं थी।

परिचय

सिंदूरी सुबह की लाली को कहाँ पता होता है कि कुछ ही पलों में स्याह बादलों का घेरा उसे लील जाएगा। होंठों पर खेलती मुस्कान को भी माथे पर शीघ्र आने वाली शिकन का कहाँ पता होता है! जब तस्वीरों में हम अपना समय क़ैद करते हैं, तब भी कहाँ जानते हैं कि मन की थाह लेना कितना मुश्किल होता है। हँसते-मुस्कराते चेहरों के पीछे की पीड़ा तथा फ़रेब की कहानी देखना दुष्कर है।

घर की सफ़ेद दीवारों पर गहरे भूरे रंग के फ्रेम में टंगी उस तस्वीर को मोहिनी अपलक निहार रही थी। वह उसके मम्मी-पापा की शादी की तस्वीर थी। उसके पापा दूल्हा बने अपनी दुल्हन की माँग भर रहे थे। दूल्हे की आँखों का प्रेम और दुल्हन की बंद आँखों का समर्पण मिलकर उस चित्र को दर्शनीय बना रहे थे। उस चित्र के ठीक नीचे के चित्र में प्रसूता अपने दोनों जुड़वां बच्चों के मध्य समस्त संसार की सुंदरता को चेहरे पर समेटे लेटी थीं। उस चित्र में, जहाँ मम्मी के पीले मुख पर संतोष और सुरक्षा की लालिमा फैली थी, वहीं मुस्कराते पापा ने अपने छोटे-से संसार को अपनी दोनों बाजुओं के सुरक्षाचक्र के घेरे में ले रखा था।

सब कुछ सदा से ऐसा ही तो था। अंतर्मुखी मम्मी का मौन संवाद, जिसे वाचाल पापा का सुन लेना। मम्मी का समर्पण और पापा की मेहनत। जहां उसके पापा का निर्णय मम्मी के लिए कानून था, वहीं मम्मी की इच्छा पापा के लिए प्राथमिकता। उसके पापा का गुस्सा मानो तपती धरती, जिसे उसकी मम्मी वर्षा की ठंडी फुहार बन शीतल और मंजुल कर देती थी। वे मात्र जीवनसाथी ही नहीं थे, एक-दूसरे को पूर्ण भी

करते थे किन्तु पिछले कुछ दिनों से वे आधे-अधूरे से हो गए थे। मम्मी चिल्लाने लगी थीं और पापा मौन हो गए थे।

आरंभ में उनका विवाद भी मौन ही था। मोहिनी को भी मम्मी-पापा के मध्य किसी विवाद की अनुभूति तो हो गई थी किन्तु उसके प्रगाढ़ हो जाने का अनुभव पिछली कुछ रातों में हुआ था कभी मम्मी की सिसकियाँ, तो कभी उनका गुस्सा, कभी पापा की दबी चीख़, तो कभी उनका डरावना मौन... मोहिनी की नींद को सुला देता और परेशानी को जगा देता था।

मोहिनी का जुड़वां भाई भार्गव पुणे के बड़े कॉलेज से वकालत की पढ़ाई कर रहा था। छह महीने पहले ही उसका चयन हुआ था। उसे पूना छोड़ने मम्मी-पापा साथ ही गए थे। कॉलेज खुला होने के कारण मोहिनी नहीं जा पाई थी। वह इंजीनियरिन्ग कॉलेज में प्रथम वर्ष की छात्रा थी। दिल्ली में ही अच्छे कॉलेज में दाख़िला मिल जाने के कारण मोहिनी तो मम्मी-पापा के पास रह गई किन्तु भार्गव को मम्मी को छोड़कर जाना पड़ा था। जहाँ मम्मी का लाड़ला भार्गव उनके समान ही भावुक था, वहीं मोहिनी संवेदनशील होने के साथ अपने पिता के समान व्यावहारिक भी थी।

मम्मी की ज़िद पर पापा उन्हें भी अपने साथ पुणे ले गए थे। बेटे के बिछोह में व्याकुल मम्मी को पुणे से लेकर आना पापा के लिए एक कठोर कार्य हो गया था। मम्मी को सामान्य करने में पापा को कई दिन लगे। वह सामान्य तो हो गई लेकिन सामान्य की परिभाषा बदल गई थी।

टर्ररर टर्ररर...

डोरबेल की तेज़ ध्वनि मोहिनी को पुनः वर्तमान में ले आई थी। दरवाज़े पर पापा के साथ भार्गव का खड़ा होना आश्चर्य नहीं था क्योंकि आज

ही तो उसे आना था। आश्चर्यजनक तो था मम्मी का व्यवहार। उनके कमरे का दरवाज़ा अभी तक बंद था।

"वर्षा अब भी अंदर है?" पापा मोहिनी से पूछ रहे थे अथवा भार्गव को बता रहे थे, यह बात समझ पाना दोनों के लिए विकट हो गया था इसलिए उत्तर में दोनों ने ही धीरे से सिर को हिला दिया था।

"मैं आज फ़रीदाबाद जा रहा हूँ। रोड का काम शुरू हो गया है, तो सीनियर इंजीनियर का रहना आवश्यक हो जाता है और हाँ... तुम्हारी मम्मी..." वह कुछ कहते-कहते रुक गए थे, जैसे कहना न चाहते हों, पर कहना पड़ रहा था। उनका गला भर आया था।

"तुम्हारी मम्मी और मैं अलग हो रहे हैं!" पापा की आवाज़ की सख़्ती ने स्थिति की गंभीरता को स्पष्ट कर दिया था।

"पर क्यों? कैसे और कब हुआ यह सब पापा?" किसी प्रकार भार्गव बोल पाया था। मोहिनी तो जैसे जड़ हो गई थी।

"क्यों, कब और कैसे! यह आवश्यक नहीं है। कभी-कभी दो सही लोग ग़लत परिस्थिति के शिकार हो जाते हैं। यह भी तो आवश्यक नहीं कि दो सही लोग एक-दूसरे के लिए भी सही हों।" इतना कहकर पापा चले गए।

ख़ामोश घर और गंभीर दीवारों के मध्य मोहिनी और भार्गव तन्हा रह गए। कई बार घर में रहने वाले लोग भी अजनबी से लगने लगते हैं। दरअसल, अपने ओढ़े गए खोल में सभी सुरक्षित अनुभव करते हैं, यह जानते हुए भी कि दुनिया की अधिकांश खुशियां नकली हैं, सभी भ्रम में ही जीते हैं। लेकिन जब भ्रम टूटता है, शब्द गुम हो जाते हैं। उनके लिए सत्य को स्वीकारना असंभव हो जाता है।

अभी वे सहज होने का असफल प्रयास कर ही रहे थे कि दरवाज़ा खुलने की एक उबाऊ आवाज़ ने दोनों को भयभीत कर दिया। उनकी मम्मी वर्षा कमरे से बाहर आ गई थीं।

"पापा चले गए?" वर्षा का स्वर शांत था।

"जी... जी मम्मी।" भार्गव सकपकाता हुआ खड़ा हो गया था। उसकी आवाज़ के कंपन ने मोहिनी के साथ वर्षा को भी छुआ।

वर्षा सोफ़े पर उनके बीच ही बैठ गई। न उसने भार्गव के आने पर कुछ कहा और न ही उसकी छुट्टियों के बारे में कोई जानकारी लेनी चाही। घर की मौन दीवारें ख़ामोशी से बोलती रहीं, उन तीनों के हृदय विलाप करते रहे लेकिन होंठों पर चुप का पहरा कायम रहा। फिर कहीं दूर से वर्षा की आई आवाज़ ने मौन को शब्द दे दिए थे।

"नीरज ने जो कहा, वह सच है!"

कभी-कभी सत्य को जानते हुए भी उसके झूठ हो जाने की कामना होती है। उस एक वाक्य ने मोहिनी और भार्गव को सत्य का आईना दिखा दिया था। भार्गव स्वयं को संभाल नहीं पाया।

"मम्मी क्या हुआ है? हम बच्चे नहीं हैं, आप कहें तो..." वह अपनी मम्मी के घुटनों के पास जाकर बैठ गया था। वर्षा ने प्यार से उसके चेहरे को हाथों में भरकर उसका माथा चूम लिया।

"मुझे अपने बच्चों की समझदारी और स्वतंत्र विचारों पर गर्व है!"

वर्षा की दृष्टि मोहिनी से मिल गई थी। उस एक पल में मोहिनी जैसे नींद से जाग गई। वर्षा के कंधों पर उसके हाथ का दबाव बढ़ गया था।

"मम्मी! क्या पापा का अफ़ेयर चल रहा है?"

मोहिनी के प्रश्न को सुनते ही भार्गव के हाथ कांपने लगे थे लेकिन मम्मी शांत बैठी थीं।

"मोहिनी, क्या बोल रही है?" अब भार्गव की आवाज़ भी तेज़ हो गई थी।

"भागू, तुम कुछ देर चुप रहो! मम्मी को बोलने दो। तुम यहाँ नहीं थे। मैं उन रातों की गवाह हूँ, जब मैंने इनके बीच उस तीसरे की आहट सुनी है। अब तक मेरे मन ने मुझे इस सत्य को स्वीकारने से रोक रखा था लेकिन सत्य को शब्दों की आवश्यकता नहीं पड़ती। क्यों मम्मी मैं सही हूँ ना?"

वर्षा और मोहिनी अपलक एक दूसरे को निहार रही थीं लेकिन भार्गव का बड़बड़ाना चालू हो गया था।

"मम्मा, पापा को इस ग़लती की सज़ा ज़रूर मिलेगी! आप परेशान न हों। वह ऐसा कैसे कर सकते हैं? हम उनसे कभी बात नहीं करेंगे। हारकर उन्हें आपके पास लौटना ही होगा। आप जो भी निर्णय लेंगी, हम आपके साथ..."

"मैं जो भी निर्णय लूँ...?" वर्षा ने भार्गव को बीच में ही रोक दिया था।

"जी!" इस बार मोहिनी और भार्गव का समवेत स्वर गूँजा।

"हम्म!" वर्षा कुछ देर तो शून्य को निहारती रही, फिर उठकर खिड़की के पास खड़ी हो गई। एक गहरी साँस भरकर उसने कहा, "हाँ, यह समाज इस रिश्ते के लिए अफ़ेयर जैसा ओछा शब्द ही इस्तेमाल करता है वैसे मेरे लिए तो यह स्वयं से मिलने जैसा था।"

भार्गव एक तेज़ चीख के साथ खड़ा हो गया था। जिन आँखों के सागर में कुछ क्षण पूर्व अपनी माँ के लिए सहानुभूति, प्रेम और पीड़ा की लहरें उठ रही थीं, वहाँ घृणा और द्वेष का तूफ़ान आ चुका था।

"अफ़ेयर पापा का नहीं, आपका चल रहा है!"

वर्षा की स्वीकारोक्ति से झटका तो मोहिनी को भी लगा किन्तु भार्गव तो बेकाबू हो गया था। हालांकि वर्षा को उससे ऐसी ही प्रतिक्रिया की आशा थी लेकिन अपनी आहत भावनाओं को व्यक्त करने के लिए

भार्गव ने जिन शब्दों का चुनाव किया, उसके लिए मोहिनी और वर्षा दोनों ही प्रस्तुत नहीं थीं।

"आप जैसी स्त्री को मम्मी कहते हुए शर्म आती है! एक चरित्रहीन माँ का बेटा कहलाने से अच्छा होगा कि मैं आत्महत्या कर लूँ! पुरुष तो स्वभाव से ही चंचल होता है किन्तु एक स्त्री ही होती है जो घर को बांधती है एक माँ से मर्यादित आचरण की आशा होती है। स्वेच्छाचारी और स्वार्थी स्त्रियों से उत्पन्न समाज, व्यभिचार का अड्डा मात्र होगा। ऐसी स्त्रियाँ कभी एक संस्कारी परिवार की रचना नहीं कर सकतीं।"

अपमान और पराजय की पीड़ा से वर्षा की आँखें भीगने लगी थीं। उसका हृदय फटना चाह रहा था लेकिन मानो किसी ने भारी पत्थरों से उसे दबा रखा था, तभी शब्दों के मेघ की गर्जना हुई। नेत्रों में दामिनी समेटे मोहिनी बरसी थी।

"जिस समाज का निर्माण परमार्थी और अनुशासन प्रिय पुरुषों ने किया है, उस समाज में व्याप्त अराजकता, रक्तपात, नफ़रत, भ्रष्टाचार, अनियमितता तथा अन्याय को देखकर तो लगता है कि काश इस समाज की डोर स्वेच्छाचारी और आवारा स्त्रियों के हाथ में होती!"

"मोहिनी, तुम मम्मी का समर्थन और मेरा विरोध कर रही हो?" भार्गव स्तंभित था।

"मैं तुम्हारा नहीं, तुम्हारी इस घृणित पितृसत्तात्मक सोच का विरोध कर रही हूँ। वह सोच, जो पुरुष और स्त्री के एक समान लिए गए निर्णय को, पुरुष की मात्र ग़लती और स्त्री का अक्षम्य अपराध बना देती है। जब तक तुम्हें लगा कि अफ़ेयर पापा का चल रहा है, तुम क्रोधित हुए, मम्मी के लिए दुखी भी हुए लेकिन उसे पापा की ग़लती बताते रहे। पर जिस क्षण तुम्हें पता चला, बात मम्मी की हो रही है, तुमने उनके चरित्र पर उंगली उठा दी। तुम यह कितनी आसानी से

भूल गए कि जैसे पुरुष मनुष्य है, वैसे ही स्त्री भी एक हाड़-माँस की बनी मनुष्य ही है। फिर यह विभेद क्यों? पुरुष को 'यह तो ऐसा ही है' कहकर स्वतंत्रता दे दी, वहीं स्त्री को देवी बनाकर सदा के लिए गुलाम बना दिया। पापा की ग़लती, माँ का अपराध नहीं बन जाती या तो दोनों ग़लत हैं या दोनों सही! या तो दोनों अपराधी हैं अथवा कोई नहीं!"

जिस क्षण मनुष्य की शक्ति धूमिल होने लगती है और उसे अपनी पराजय निकट प्रतीत होती है, ठीक उसी क्षण यदि आशा उसके कानों में वीर रस की कोई कविता गाने लगे, तो वह पुनः पूर्ण जोश के साथ अपनी पराजय को जय करने निकल पड़ता है। मोहिनी के शब्दों ने वर्षा पर ठीक वैसा ही असर किया था।

जिस क्षण भार्गव के शब्दों को सुनकर वह स्वयं को एक माँ के रूप में पराजित अनुभव कर रही थी, उसी क्षण मोहिनी के शब्दों ने विजयपताका उसके हाथों में पकड़ा दी थी। वह आगे बढ़ी और मोहिनी के हाथों को अपनी मुट्ठी में समेट कर होंठों से लगा लिया। उस क्षण मोहिनी ने अपनी माँ की आँखों में वह देखा, जो उसने अपने सम्पूर्ण जीवन में कभी नहीं देखा था, आत्मविश्वास।

"मम्मी! मम्मी आई एम सॉरी! जानता हूँ कि ग़लत बोल गया हूँ!" भार्गव मात्र इतना कहकर ख़ामोश हो गया था।

"लेकिन... लेकिन.... मम्मी आप ट्राई तो करो, पापा बुरे नहीं हैं! आप हमारे लिए सोचो... आप..." मोहिनी का गीला स्वर वर्षा को भिगो गया था।

ऐसा नहीं था कि वर्षा अपने बच्चों की स्थिति को नहीं समझ रही थी। वह सब समझ रही थी लेकिन भरे हुए घड़े पर पानी डालने से पानी बाहर ही आएगा। घड़ा लाख चाहे, वह अपने परिमाप से अधिक पानी

का संचय नहीं कर सकता। अब समय आ गया था कि उसके बच्चे भी इस बात को समझ जाएं।

अपने सिर को दीवार से लगाकर वर्षा ने बोलना आरंभ किया था

"मेरी और तुम्हारे पापा की शादी एक अरेंज्ड मैरिज थी। धीरे-धीरे हम क़रीब आए, एक दूसरे को समझा और प्रेम हुआ। हम जीवनसाथी बने, प्रेमी बने, प्रबंधक बने, बस दोस्त नहीं बन पाए। उन्होंने जब शादी के बाद नौकरी न करने का आदेश दिया, मैंने स्वीकार कर लिया। मैं उन्हें संगीत महाविद्यालय का कॉल लेटर दिखा ही नहीं पाई। उन्हें नॉनवेज की गंध से भी परहेज़ था। मैं उन्हें चिकेन बिरयानी के प्रति अपनी दीवानगी के बारे में कभी बता ही नहीं पाई। उनकी हर पसंद और नापसंद को मैंने अपना लिया। नीरज ने भी मुझे प्रेम, अपनापन और आर्थिक सहयोग दिया लेकिन सम्मान देना भूल गए। वह सदा कहते रहे कि मैं हूँ किन्तु उनके 'मैं' में मेरा 'मैं' कहीं गुम हो रहा था, यह वह देख ही नहीं पाए। मुझे घर की मालकिन कहते रहे किन्तु घर के बाहर मेरे नाम की तख़्ती की आवश्यकता भी उन्हें महसूस नहीं हुई। तुम खाना अच्छा बनाती हो, यह कहकर प्रेम देते, तो अगले ही पल... तुम दिन भर करती क्या हो, कहकर मेरी आत्मा को छलनी कर देते। वह कभी घर में बड़ी पार्टियों के मेरे अकेले संचालन की तारीफ़ करते, तो वहीं 'तुम्हें कहाँ इतनी अक्ल है' कहकर मेरे आत्मविश्वास को छलनी भी कर दिया करते थे। जीवनसाथी बनकर भी मैं उनके लिए अपरिचित ही रही लेकिन इसके लिए मैं मात्र नीरज को दोष नहीं देती। मैं भी तो एक अच्छी पत्नी, एक अच्छी बहू और एक अच्छी माँ बनने के प्रयास में स्वयं को समाप्त करती गई! मैं यह भूल गई थी कि किसी को प्रेम करने के क्रम में स्वयं को प्रेम न करना अपराध है।"

मोहिनी और भार्गव के सामने पहली बार वह सत्य प्रकट हो रहा था, जो उनके सामने होते हुए भी ग़ायब था। सब जो ठीक ही लगता

था, में ठीक कुछ नहीं था। वह वर्षा का चुप था, जो सभी ने सामान्य समझ लिया था। ऐसा ही तो होता आया है में, स्वयं की इच्छाओं को कुचलती वर्षा को कभी किसी ने नहीं देखा।

मोहिनी पहली बार अपनी आँखों से माता-पिता के नाम के चश्मे को उतारकर, वर्षा और नीरज के संबंध को देख रही थी। उसे वर्षा का समझौता, उसका समर्पण और अकेलापन ही दिखा। उनके संबंधों में कोई गर्माहट शेष नहीं थी। नीरज के प्रेम में अपमान मिश्रित था। वर्षा के हर निर्णय में नीरज की अनुमति आवश्यक थी किन्तु नीरज के निर्णयों में वर्षा की कोई भागीदारी नहीं थी।

यहाँ तक कि एक समय के बाद मोहिनी और भार्गव का मत भी महत्त्वपूर्ण हो गया लेकिन वर्षा का मत जानने की किसी ने कोशिश भी नहीं की। मम्मी तो वही करेंगी, जो पापा कहेंगे... ऐसा सोचकर वर्षा से अनुमति लेना बच्चों के लिए भी आवश्यक नहीं रह गया था। अनजाने में ही सही, अपनी माँ का अपमान उन्होंने भी किया था।

भार्गव के कंधे को हौले से छूकर कंठ में फंसी रुलाई को रोकते हुए मोहिनी मात्र इतना कह पाई थी, "पापा बहुत अच्छे हैं! लेकिन वह मम्मी के लिए सही नहीं हैं!" इस बार भार्गव ने भी ख़ामोशी से सिर को हिला दिया था। समझने और मानने की दूरी को तय करना मुश्किल है नामुमकिन नहीं।

"तो मम्मी, अब आप उनके साथ रहेंगी?" मोहिनी ने स्वयं को संभाल लिया था।

वर्षा के होंठों पर एक फीकी मुस्कान खेल गई थी।

"किसी के साथ रहने का सुख मैंने पा लिया है। अब मैं स्वयं के साथ रहना चाहती हूँ!"

"क्या मतलब?" मोहिनी और भार्गव एक साथ बोल पड़े थे।

"मुझे मसूरी के एक बोर्डिंग स्कूल में नौकरी मिल गई है। संगीत में स्नातकोत्तर की डिग्री अब काम आई। वैसे कुछ महीने से उमंग ने भी रियाज़ में बहुत मदद की है। संगीत में उनका ज्ञान अप्रतिम है।"

पाँच महीने पूर्व वर्षा ने उमंग की सिंगिन्ग अकेडमी को जॉइन किया था। संगीत की तान नीरज को सदा से शोर ही लगती थी। उसने वर्षा के इस गुण को कभी बच्चों के सामने आने ही नहीं दिया। अब जब बच्चे बड़े हो गए, तो बड़ी मुश्किल से वर्षा ने नीरज को मना तो लिया किन्तु अब भी उसे घर में गाने की अनुमति नहीं थी। शर्तों पर ही सही, वर्षा ने जीवन में पहली बार स्वयं को प्राथमिकता दी थी। पहली मुलाक़ात में ही उमंग के साथ ने उसे डरा दिया था। उमंग वह सब कुछ था, जो कभी वह स्वयं हुआ करती थी। उससे मिलना वर्षा के लिए स्वयं से मिलने जैसा था। जहाँ एक अजनबी आकर्षण उसे उमंग की तरफ खींच रहा था, वहीं पारिवारिक बंधन उसे रोक रहे थे। हारकर उसने अकेडमी जाना बंद कर दिया था लेकिन वर्षों बाद स्वयं से मिलकर, स्वयं से मुँह मोड़ना कठिन होता है। वर्षा ने उमंग से मिलने की इच्छा को तो चुप करा दिया था लेकिन जो वर्षा अब जाग गई थी, उसने मौन होने से इनकार कर दिया। अब वह नीरज की ग़लत बातों पर सिर झुकाने के स्थान पर सिर उठाने लगी थी। वह बोलने लगी थी।

"तो वह उमंग सर हैं?" मोहिनी ने हौले से पूछा था।

"हम्म!" वर्षा ने कहा और मोहिनी पर एक अर्थपूर्ण दृष्टि डालते हुए आगे बोली, "मुझे स्कूल कैम्पस में ही क्वॉर्टर भी मिल रहा है। तुम दोनों जब चाहो, वहाँ मुझसे मिलने आ सकते हो।"

मोहिनी और भार्गव को कुछ समझ नहीं आ रहा था। यदि वर्षा नीरज को उमंग के लिए छोड़ रही थी, तो फिर उसके साथ रहने

क्यों नहीं जा रही! मोहिनी चुप नहीं रह पाई, उसने वर्षा से पूछ ही लिया था।

"आ... आप उमं... मेरा मतलब है, आप अपने मित्र के साथ नहीं रहेंगी?"

वर्षा ने आगे बढ़कर अपने दोनों बच्चों की हथेलियों को वैसे ही मज़बूती से थाम लिया, जैसे बचपन में कोई महत्त्वपूर्ण बात समझाने के समय थाम लेती थी।

"बेटा, पंत साहब की बहू, मिसेज़ नीरज, मोहिनी की मम्मी और भार्गव की मम्मी जैसे परिचय में मेरा वास्तविक परिचय तो कहीं खो गया था। उमंग ने मुझसे मेरा परिचय दुबारा कराया। मुझे वर्षा से मिलाया। मैं सदैव उसकी ऋणी रहूँगी। मेरे हृदय में उनका एक विशेष स्थान सदा रहेगा लेकिन अभी, मैं 'मैं' के साथ व्यस्त हूँ। अभी-अभी तो स्वयं से प्रेम हुआ है। भविष्य का तो पता नहीं, किन्तु इस समय मुझे न तो मंज़िल की ख़्वाहिश है और न उस तक पहुँचने की जल्दी। अभी तो आरंभ है, सफ़र शेष है।"

ताईजी

आज ताईजी ने अपना फ़ैसला सुनाकर सबको स्तब्ध कर दिया था। वह सभी परिवार वालों से शीघ्र मिलना चाहती हैं। उन्होंने ताऊजी से जुड़ा कोई निर्णय लिया है, जिसे वह सभी से बाँटना चाहती हैं। दर्द के तो न जाने कितने कांटे उनके सीने में कई वर्षों से चुभे हुए हैं। उन्हीं काँटों की चुभन हम सबने सर्वदा उनकी वाणी में महसूस की है। शायद सबसे ज़्यादा मेरी माँ ने परन्तु आज शादी के पचास साल बाद किस कांटे की चुभन ने उन्हें ऐसा फ़ैसला लेने पर मजबूर कर दिया, इसे हममें से कोई समझ नहीं पा रहा।

सभी परिवारजनों को ताईजी ने शाम तक घर पहुँच जाने की ताकीद की है इसलिए मैं भी छुट्टी लेकर अपनी पत्नी सिया और चार साल की बेटी आन्या के साथ मेरठ जा रहा हूँ।

15 साल की छोटी उम्र में कृष्णावती की शादी ठाकुर रघुवीर सिंह के बड़े बेटे 20 वर्षीय राजवीर सिंह से हुई। मेरठ के छोटे से गाँव काशीपुर में उनके ख़ानदान का डंका बजता था परन्तु घर की स्त्रियों को घर के रोशनदान से भी झाँकने की इजाज़त नहीं थी। राजवीर सिंह की माँ तक अपने बेटे के सामने सिर ढककर रखती थीं। कृष्णावती ठाकुर साहेब के बचपन के मित्र की सुपुत्री थी। मित्र के दिल का बोझ कम करते-करते उन्होंने अपने बेटे के दिल पर बहुत बड़ा बोझ रख दिया। राजवीर सिंह अपने पिता के सामने मुँह खोलने की हिम्मत भी नहीं कर पाए।

उस ज़माने में जब बेटे तक अपने पिता के सामने आवाज़ उठाने की हिम्मत नहीं रखते थे, कृष्णावती ने एक कमज़ोर ही सही परन्तु प्रयास किया। वह चाहती थी कि राजवीर को उसके काले रंग के बारे में बता दिया जाए परन्तु उसकी बात अनसुनी कर दी गई।

राजवीर सुंदर होने के साथ ही अंग्रेज़ी विषय में स्नातक भी थे। उन दिनों जब स्नातक होना ही बड़ी बात हुआ करती, राजवीर प्रथम श्रेणी में उत्तीर्ण हुए परन्तु अपने पिता की इच्छा का सम्मान करते हुए उन्होंने कृषि को अपना व्यवसाय बना लिया। उनके इसी त्याग की वजह से उनके छोटे भाई को इच्छानुसार कार्य चुनने की स्वतंत्रता मिल गई। राजवीर से चार साल छोटे सूर्यवीर मेरठ मे रहकर ही पढ़ाई कर रहे थे।

वहीं कृष्णावती की शिक्षा बस इतनी कि वह अपना नाम लिख भर लेती। रंग इतना स्याह काला कि समवयस्क सखियाँ उसके चेहरे की तुलना अमावस की रात से किया करतीं परन्तु जितना स्याह उसका चेहरा, उससे भी स्याह उसके घुटने तक लम्बे बाल। उसके हाथों से बने खाने की तारीफ़ पूरा गांव किया करता किन्तु तीखे नैन-नक्श और असंख्य गुण भी उसके रंग की बदसूरती को नहीं दबा पाए।

कृष्णावती को उसकी मुँह दिखाई में ताने और अपमान मिला।

"कहाँ कार्तिकेय जैसे हमारे छोटे ठाकुरजी और कहाँ ये काली भुजंग-सी बहू!"

"राख जैसा रंग है इसका, चाहे तो बर्तन मांज लो..."

"चेहरे को देखकर भय लगता है।"

"यह तो अमावस और पूनम की रात का मिलन लग रही है।"

सभी ने राजवीर सिंह के साथ सहानुभूति दिखाई किन्तु कृष्णावती को अपने शब्दों से छलनी कर दिया। उसकी पीड़ा कोई देख ही नहीं पाया। रही-सही कसर राजवीर सिंह ने पूरी कर दी।

प्रथम मिलन की बेला में ही कलावती के पति ने उसका घोर अपमान किया। प्रथम मिलन अमानुषिक और अपमानजनक था, ऐसे जैसे उसका पति उससे कोई बदला ले रहा हो। हर बार जब भी राजवीर सिंह कृष्णावती के निकट आता, वह एक नए तरीके से उसका अपमान करता।

कभी-कभी शराब के नशे में कह देता, "दीया बुझा दो, रोशनी में तुझे देखने से डर लगता है, अँधेरे का क्या है, उसमें तो बंदरिया भी सुंदर दिखती है।"

इतनी मानसिक और शारीरिक पीड़ा झेलकर भी कृष्णावती उन्हें श्रृंगार और आभूषणों से बांधने की चेष्टा से बाज़ नहीं आती मगर वह जितना प्रयास करती, उतना ही राजवीर का मन उसकी ओर से फिरता। उसका श्रृंगार राजवीर को फूहड़ लगता।

कृष्णावती के गले में सरस्वती का निवास था। वह सुंदर भजन न केवल गाती, वरन उन्हें स्वयं ही बना भी लेती। इन्हीं भजनों के द्वारा अपने रूठे हुए ईश्वर को मनाने का प्रयास किया करती।

"कान्हा भी श्याम तेरे, भोले भी श्याम
राम भी श्याम तेरे, विष्णु भी श्याम
अपने प्रेम के रंग में रंग लो प्रभु मुझे
गोरा हो जाए ये तन भी मेरा, जो है श्याम..."

उनके तीसरे बेटे के जन्म के पश्चात राजवीर ने अपनी पत्नी के कमरे में सोना पूर्ण रूप से छोड़ दिया। जिस रात उन्होंने अपना बिस्तर अपनी पत्नी के कमरे से बाहर किया, उस रात ही उन्होंने पहली बार सबके

सामने अपने मन की बात रखी, "मैंने पिताजी की इच्छा का सम्मान करते हुए अपने कर्त्तव्य की पूर्ति कर दी है। इस ख़ानदान को तीन बेटे दे दिए। आज मैं किसी तरह के बंधन से ख़ुद को मुक्त करता हूँ। उस परमात्मा का शुक्रगुज़ार हूँ कि उसने मुझे बेटी नहीं दी, वर्ना मैं भी किसी निर्दोष युवक का दोषी बनने को बाध्य हो जाता।"

काश कि उस पुरुष ने इतना साहस पहले दिखाया होता किन्तु उस पाषाण-हृदय में तो मात्र एक निर्दोष को अकारण प्रताड़ित कर पाने का साहस था।

उस रात के बाद कृष्णावती ने अपने पति को स्नेहबंध में बांधने के अपने सभी प्रयासों पर विराम लगा दिया। दोनों पति-पत्नी के बीच बातचीत लगभग बंद हो गई किन्तु अपने पति का यह अबोला कृष्णावती सहन नहीं कर पाती। सो, अपने पति को चिढ़ाने के लिए वह नित नए तरीके अपनाती। कभी सास से झगड़ती, तो कभी घर आए मेहमानों को अपमानित करती। इसके पीछे उसकी सोच यह रही कि डांटने के लिए ही सही परन्तु राजवीर उससे बात तो करेंगे। परन्तु हर बार वह ग़लत साबित हुई। राजवीर के पास क्रोध करने अथवा चिढ़ने के लिए समय ही कहाँ था। वह अपने नित नए प्रेम-प्रसंगों में व्यस्त जो थे।

जैसे-जैसे राजवीर के साथ उसका रिश्ता टूटता गया, कृष्णावती की वाणी में विष घुलता गया। अपनी विष बुझी वाणी से वह सबको छलनी किया करती परन्तु उसकी कटु वाणी का सबसे अधिक शिकार बनती उसकी देवरानी पार्वती।

अपने देवर से कृष्णावती को बहुत लगाव था। सूर्यप्रताप भी अपनी भाभी का बहुत सम्मान करते। उनके दुःख को भी समझते। इतना ही नहीं, यदा-कदा भाई को समझाने का असफल प्रयास भी करते। तभी जब सूर्यप्रताप का चयन सेना में हुआ, तब भाई से कहीं अधिक भाभी खुश हुई।

सूर्यप्रताप के विवाह के समय तक घर की बागडोर पूर्ण रूप से राजवीर सिंह के हाथों में आ गई थी। अपने भाई की शादी में उनकी एक ही शर्त रही कि लड़की गोरी और सुंदर होनी चाहिए। पार्वती सुंदर तो थी ही, उसका रंग दूधिया भी था। कृष्णावती से दूर रहने वाले राजवीर सिंह अपने छोटे भाई की पत्नी के प्रति पुत्रीवत स्नेह रखते। हालाँकि घर की परंपरानुसार पार्वती उनसे सदा पर्दा रखती परन्तु राजवीर पूरा ख़याल रखते कि बहू को कोई तकलीफ़ न हो। पार्वती का धवल रंग और जेठ के प्रति पितृवत स्नेह ही कलावती की नज़र में उसका सबसे बड़ा अवगुण बन गया। इसके अतिरिक्त सूर्यप्रताप का अपनी पत्नी पार्वती के प्रति प्रेम और समर्पण का भाव भी कृष्णावती को चुभने लगा। उन दोनों का सान्निध्य कृष्णावती को अपने एकांत को मुँह चिढ़ाता हुआ लगता।

नौकरी के बाद सूर्यप्रताप ज़्यादातर घर से बाहर रहने लगे। पार्वती गाँव में रहती थी। उस दौरान कृष्णावती ने पार्वती के जीवन को नर्क बना दिया। यहाँ तक कि कभी अपनी देवरानी को अपने बराबर तक नहीं बैठने दिया। अगर वह स्वयं खाट पर बैठती, तो अपनी देवरानी को भूमि पर बैठने का आदेश देती। राजवीर सिंह तो बहुधा बाहर ही रहते, उनकी माँ भी बूढ़ी हो चली थी इसलिए घर के अंदर अधिकार कृष्णावती का हो गया था। कभी-कभी कोई बात उनके कान तक पहुँच जाया करती, तो वह कृष्णावती को झिड़क दिया करते।

परन्तु इससे पार्वती के प्रति कृष्णावती का व्यवहार और भी कठोर हो जाता। कृष्णावती को यह बात चुभती कि एक दूसरी स्त्री का पक्ष लेते हुए, उसका पति उसे ही अपमानित कर रहा है। भाई की पत्नी का सम्मान करना वह जानता है लेकिन स्वयं अपनी पत्नी को असंख्य बार अपमानित और प्रताड़ित कर चुका है, जिसका उसे भान ही नहीं। यही सब सोचकर उसका व्यवहार अपनी देवरानी के प्रति और भी कठोर हो जाता।

पार्वती की प्रथम संतान एक लड़की हुई। इस बात पर भी कृष्णावती उसे नीचा दिखाना नहीं भूली। हर मिलने वाले से कहती, "लो अब चाट लो सुंदर चेहरे को। बेटी जनी है इसने बेटी..."

जैसे पुत्री को जन्म देने मात्र से पार्वती के सभी गुण अवगुण में बदल गए। वास्तव में उसका यह स्पष्टीकरण स्वयं उसके लिए तो था ही, राजवीर सिंह के लिए भी था किन्तु राजवीर सिंह ने पुत्री के जन्म को बड़े प्रेम से स्वीकार किया। इसके पीछे उस अबोध बच्ची का गोरा रंग ही कारण था। रंग उनके लिए इतना महत्त्व रखता कि उनका अपने बेटों के प्रति भी लगाव कुछ विशेष नहीं रहा। कृष्णावती के किसी भी बेटे का रूप पिता पर नहीं गया। हालाँकि राजवीर सिंह को लगता कि समाज पुरुष का रंग नहीं, उसकी जेब देखता है इसलिए पुत्रों का रंग उनके लिए उतनी बड़ी समस्या नहीं रही। फिर भी पुत्रों का उनके जैसा सुदर्शन न दिखना, उन्हें कोंचता।

लगातार दो बार बेटी होने के बाद पार्वती को जब बेटा हुआ, तब भी कृष्णावती का व्यवहार नहीं बदला परन्तु एक बात अनोखी रही। देवरानी के प्रति इतनी नफ़रत के बावजूद उसके बच्चों के प्रति कृष्णावती का प्रेम अतुलनीय रहा। जेठानी के बच्चों के प्रति पार्वती का प्रेम भी कम नहीं था इसीलिए बच्चों में भी सदा सहोदरों जैसा लगाव रहा किन्तु पार्वती के प्रति कृष्णावती की कठोरता में कोई कमी नहीं आई। उसकी यह कठोरता और बढ़ जाती, जब देवर सूर्यप्रताप छुट्टियों में घर आया करते। अपनी पत्नी के प्रति सूर्यप्रताप की ईमानदारी व सम्मान से कृष्णावती ईर्ष्यालु हो उठती।

कुछ वर्षों बाद सूर्यप्रताप पदोन्नति पाकर सेना में सूबेदार हो गए। उन्होंने अपने परिवार के सामने अपनी पत्नी और बच्चों को साथ ले जाने की बात रखी। जिस दिन सूर्य प्रताप ने यह बात कही, उस दिन कृष्णावती ने घर में महाभारत खड़ा कर दिया परन्तु राजवीरजी ने

अपनी पत्नी की एक न चलने दी। वह स्वयं भी पार्वती को उस नरक से निकालना चाहते थे। कृष्णावती का विरोध अनसुना रह गया और सूर्यप्रताप अपनी पत्नी और बच्चों के साथ मेरठ चले गए।

समय अपनी रफ़्तार के साथ आगे बढ़ता गया। राजवीर सिंह के तीनों बेटे अब विवाहित थे। बड़ा बेटा मेरठ में बड़ा प्रॉपर्टी डीलर था। मंझला रेलवे में बड़े पद पर कार्यरत हुआ और सबसे छोटा अपने गाँव में ही सरपंच बना। कृष्णावती स्वयं तो ज़्यादा समय गाँव में ही बिताती परन्तु तीनों बेटों की गृहस्थी में उसका पूरा दखल रहा। जिस भी बेटे के घर राजवीर सिंह रहने जाते, पीछे-पीछे कृष्णावती भी पहुँच जाया करती। किसी भी बहू को अपने ससुर से बात करने की इजाज़त नहीं थी। सिर का पल्ला हटने पर कृष्णावती बहुओं को अपने शब्दों से चीरकर रख देती। जिसका सम्पूर्ण जीवन ही प्रेम से विहीन रहा हो, वह मनुष्य कंटीला झाड़ बन जाता है और कंटक मात्र चुभना जानते हैं।

कुछ समय पश्चात सूर्यप्रताप के भी सभी बच्चों का विवाह हो गया और मैं, उनका इकलौता बेटा सेना में अफ़सर हूँ। आजकल मेरी पोस्टिन्ग भटिंडा में है। मेरठ आने का आदेश ताईजी ने सभी बच्चों को दिया है। मैं गेरठ जा तो रहा हूँ लेकिन आने वाला समय मुझे डरा रहा है।

कृष्णावती मेरी ताईजी हैं। उनके पोते शिवम की शादी आठ महीने पहले प्रियंका से हुई है। मुझे पूरा विश्वास है कि प्रियंका के ऊपर भी उनके प्रकोप की शुरुआत हो चुकी होगी। शिवम और मुझमें आठ साल का ही अंतर था। इसी वजह से हमारे बीच चाचा-भतीजे से कहीं ज़्यादा दोस्त का रिश्ता रहा। शिवम पुणे में नौकरी करता था। इसी महीने वह और प्रियंका पुणे शिफ़्ट होने वाले थे। इसी बीच न जाने ऐसा क्या हुआ कि ताईजी ने कोई निर्णय ले लिया।

खचाक... इस ध्वनि से मैं वर्तमान में लौट आया। गाड़ी मेरी पत्नी सिया चला रही थी इसलिए मुझे इतना कुछ सोचने का समय मिल गया लेकिन उसका गाड़ी रोकने का कारण समझ नहीं आया। सो पूछ लिया, "क्या हुआ सिया?"

"कुछ नहीं।"

"फिर गाड़ी क्यों रोकी?"

"इतनी देर से आन्या रो रही है और तुम हो कि पता नहीं किन ख़यालो में खोए हुए हो।"

"ओओह... माफ़ करना!"

आन्या को गोद में लेकर सिया उसे चुप कराने लगी।

"क्या सोच रहे थे तुम?" सिया ने धीरे से पूछा।

"ताईजी के बारे में ही सोच रहा था। अचानक उन्हें ताऊजी के साथ अपने रिश्ते के बारे में हम सबसे बात करने की क्या सूझी? पहले करतीं, तो फिर भी समझ आता परन्तु अब ये तमाशा क्यों?"

"राजन!" इतना कहकर सिया ने एक लंबा विराम लिया और फिर बोली, "मान लो कोई इंसान बहुत समय से अँधेरे में रह रहा हो, तो क्या तुम उसे यह कहकर रोशनी में आने से रोक दोगे कि उसे तो अँधेरे की आदत हो चुकी है।"

मैंने चौंककर पूछा, "तुम्हे कुछ पता है क्या? अगर है, तो बता दो। वैसे भी ताईजी की फ़ेवरेट हो तुम। पता नहीं कैसे तुमने उस स्त्री को बाँध लिया है?"

मेरे परिवार के लिए सिया और ताईजी का रिश्ता भी एक कौतुहल का विषय था। सिया, ताईजी की पसंद कभी हो ही नहीं सकती

थी। ताईजी ने बहुओं के लिए जो मापदंड बनाए थे, सिया उससे बिलकुल अलग थी। राजपूतों के घर में ब्याही गई, एक जैन लड़की... न उसने कभी अपना सिर ढँका और न ही पारंपरिक बहू की तरह रहना स्वीकार किया। वह भी सेना में एक अफ़सर थी। मानसिक स्तर पर भी इतनी असमानता होने के बावजूद न जाने कैसे वह ताईजी के इतने क़रीब आ गई। फ़ोन पर भी घंटो बातें हुआ करतीं।

मेरे प्रश्न का उत्तर सिया ने मुस्काते हुए दिया। बोली, "मुझे अगर पता है भी, तो तुम्हें क्यों बताऊँगी?"

"सिया..."

"क्यों इतना परेशान हो रहे हो? थोड़ी देर में मेरठ पहुँच ही जाएंगे। उनसे ही सब जान लेना। अच्छा, अब तुम ड्राइव करो। मैं थक गई हूँ।"

चार बजे तक हम मेरठ पहुँच गए। परिवार के सभी सदस्य हमसे पहले ही पहुँच गए थे।

ताऊजी की उपस्थिति सभी को असहज बना रही थी, तभी ताईजी ने कमरे में प्रवेश किया। उनके साथ उनके हाथों में हाथ डाले शिवम की पत्नी प्रियंका भी थी। यह देखकर हम सब चौंक पड़े लेकिन सिया मंद-मंद मुस्करा रही थी।

"माँ, अब ऐसा क्या हो गया?" अपने बड़े बेटे की बात सुनकर ताईजी के सूखे होंठों पर मुस्कान तैर गई।

बोली, "मैं रूढ़िवादी परिवार की लड़की थी और उससे भी ज़्यादा रूढ़िवादी परिवार की बहू। एक सक्षम और संपन्न पति के होते हुए भी मैं उसके प्रेम के लिए तरसती रही। इस पुरुष ने मुझे उस गुनाह की सज़ा दी, जो मैंने कभी किया ही नहीं। मेरे गुणों पर मेरे रंग ने कालिख पोत दी। हाँ, लेकिन अपनी सुख-सुविधा के मुताबिक मुझे ग्रहण करना

वह कभी नहीं भूला और न ही अपने ख़ानदान को वारिस देने के लिए मेरा उपभोग करना कभी छोड़ा और एक दिन अचानक मेरा त्याग भी कर दिया। इस आदमी ने मेरा त्याग तो किया लेकिन अपनी भूख का नहीं। लेकिन मेरी इच्छाओं का क्या? जब मैं रात में अपने बिस्तर पर अकेली करवटें बदलती, तब इनके प्रेम संबंधों की कहानियाँ मुझे गर्म लोहे के समान दागतीं और मैं चीखकर उठ जाती।"

"माँ, बस करो। क्या..." छोटा बेटा कुछ कहने को उठा पर कह न सका। ताईजी ने हाथ के इशारे से भाई साहब को बैठा दिया

उन्होंने पुनः बोलना आरंभ किया, "अपनी दुर्दशा का दोष मैं शादी को नहीं देती। दोषी हैं वे लोग, जो स्त्री के अस्तित्व को पुरुष के अस्तित्व के साथ जोड़ देते हैं। उनके पति से अलग उनके अस्तित्व को उभरने ही नहीं देते। पति अपनी पत्नी को बदसूरत बताकर घर के बाहर कई स्त्रियों के साथ सम्बन्ध रखने को स्वतंत्र है लेकिन पत्नी से सतीत्व बनाए रखने की उम्मीद सदा से की जाती है।"

बोलते-बोलते उनका गला रुँध गया लेकिन वह नहीं रुकीं, "बहुत दिनों तक मैं रेंगने वाले कीड़े की तरह जीवित रही। कोई परिचित नहीं, कोई सहृदय नहीं, जिनसे बात करके दिन कट जाए। नौ महीने की तकलीफ़ उठाकर प्रसव की सारी पीड़ा सहकर तीन बच्चों को जन्म दिया। उन बच्चों को भी माँ से अधिक पिता का साथ रास आया। वह पिता, जिससे उन्हें प्रेम के दो शब्द भी प्राप्त नहीं हुए।"

"ऐसा तो नहीं..." बड़े भाई साहब बोलते-बोलते रह गए क्योंकि ताईजी की बात का सच उनसे अधिक कोई नहीं जानता था।

ताईजी की दृष्टि पल-भर को अपने सभी बेटों पर गई। फिर उन पर से नज़रें फेरकर बोलीं, "एक कहावत है ना कि दुधारू गाय की लात भी सही जाती है और जो गाय बाँझ हो जाए उसका जीवित रहना भी एक

उपकार है। तुम लोगों को बहुत जल्दी समझ आ गया था कि माँ प्रेम दे सकती है लेकिन पूंजी नहीं। उसके लिए तो पिता की ही आवश्यकता है। सही भी है। स्त्री घर में चाहे कितना भी काम कर ले, पुरुष के काम को ही हमेशा आदर मिलता है। पैसा बोलता है लेकिन मैं तुम सबसे दुःखी नहीं हूँ। जब बच्चे अपने पिता के हाथों अपनी माँ का अनादर देखते आए हों, तब भी वे अपनी माँ को एक माँ होने का सम्मान दे रहे हैं, मेरे लिए इतना ही बहुत है। दुःख बस एक बात का है।"

"क्या ताईजी?" मैंने पूछा।

उन्होंने बड़े प्रेम से मुझे देखा और बोलीं, "इस बात का लाला कि इतना दर्द सहकर जन्म देने वाले बच्चों को कोई अपनी माँ के नाम से नहीं जानता। बच्चा जाना जाता है अपने पिता के नाम से। तभी तो बहुत जल्दी ही मेरे बेटे भी यह समझ गए कि पिता का स्तर माँ के स्तर से कहीं ज़्यादा ऊपर है।"

फिर छोटी मेरे जीवन में आई परन्तु तब तक मेरे अंदर इतना विष भर चुका था कि मैंने छोटी के जीवन को विषैला कर दिया। इस आदमी का छोटी के प्रति स्नेह देखकर मेरे मन में कितने ही प्रश्न उठते, पर संकोच के मारे कभी पूछ नहीं पाई इसलिए छोटी के प्रति मेरा मन कठोर होता गया। आज सोचती हूँ, तो लगता है कि मैं हीनभावना से ग्रस्त थी।"

इतना बोलकर वह उठीं और माँ के निकट आकर खड़ी हो गईं। किसी ने कुछ नहीं कहा। कभी-कभी न कहना बोल देने से अधिक कह देता है।

ताईजी कहने लगीं, "धीरे-धीरे यह विष मैंने अपने बहुओं के जीवन में घोलना शुरू कर दिया। इस आदमी के तिरस्कार का बदला मैं निर्दोष लोगों से लेने लगी। फिर मेरे जीवन में सिया आई। यूं लगा जैसे एक नया मौसम आ गया हो। मेरा और सिया का साथ दोस्ताना रहा

लेकिन हम अधिक साथ नहीं रह पाए इसलिए जब शिवम की बहू आई, तब मुझे स्वयं से डर लगने लगा। मुझे लगा कि सिया के बाद आया यह बदलाव कहीं क्षणिक तो नहीं। प्रियंका का स्वभाव मुझे प्रभावित करने लगा। मैं उसे अपने कटु स्वभाव से खोना नहीं चाहती थी। मैं समझ रही थी अब सब कुछ इसलिए मैंने सिया से बात की।"

उनके इतना कहते ही सबकी नज़र सिया पर चली गई। बहुत संभव है कि टिकी भी रहती अगर ताईजी ने कहना बंद कर दिया होता लेकिन ताईजी बोलीं, "सिया वह पहली इंसान है, जो बिना मेरे समझाए समझ गई कि मैं कंगाल हूँ और मुझे प्रेम की ज़रूरत है। हालाँकि शुरू में मैंने इसे भी अपमानित करने की कोशिश की परन्तु जाने कैसे वह जान गई कि कोई यदि ज़रा प्यार से बोले, तो मेरी आँखें भर आती हैं। किसी का थोड़ा-सा स्नेह-स्पर्श मुझे भावावेग से भर देता है।"

उनकी बात समाप्त होते-होते सिया ने उन्हें पीछे से अपनी बाँहों में बाँध लिया था। मैं समझ गया कि कहानी के पटाक्षेप का समय हो गया है।

थोड़ा रुककर ताईजी बोलीं, "सिया के कहने पर मैं प्रियंका के साथ पार्क आने-जाने लगी। उसकी व्यवहार कुशलता ने मुझे भी प्रभावित किया। मैं नए लोगों से मिलने और बातें करने लगी। मेरी कई लोगों से मित्रता हुई। कुछ मेरी उम्र के, कुछ उम्र से छोटे। मुझे जीवन को देखने का एक नया नज़रिया मिला।

अब मैं समझ गई हूँ कि एक पूरी ज़िन्दगी में समय बहुत कम मिलता है इसलिए जितना संभव हो, उस अल्प समय में अपने मनमुताबिक जीवन जीना चाहिए। मैंने सदा ही इस आदमी के मुताबिक जीवन जीने को कोशिश की। उसे खुश करने में लगी रही, जिसने मेरी भावनाओं को कभी समझा ही नहीं। जितना ज़हर यह मुझ पर उगलता गया,

उससे कहीं अधिक मैंने दूसरों पर उगला। अपनी पसन्द-नापसंद को तो मैं भूल ही गई लेकिन अब मैं ज़िन्दगी स्वयं के लिए जीना चाहती हूँ।"

इतना कहकर उन्होंने अपने हाथ जोड़ लिए और सभी की तरफ़ देखते हुए बोलीं, "मैं तुम सबसे माफ़ी की उम्मीद तो नहीं रखती लेकिन हो सके तो मुझे समझने की कोशिश ज़रूर करना। लम्बे समय के बाद मैं अपनी कुंठा से आज़ाद हुई हूँ। अब आशा करती हूँ कि कोई मुझे इस बंधन में बांधने की कोशिश नहीं करेगा। मैंने एक निर्णय लिया है। थोड़ी देर हो गई, पर ले लिया है। मैं जानती हूँ कि गोधूली की बेला होने वाली है लेकिन सूरज अब भी चमक रहा है और जब तक सूरज चमक रहा है, दिन के बने रहने की संभावना है।"

मैंने खड़े होकर ताईजी के जुड़े हाथों को अपनी हथेलियों में बंद करते हुए पूछा, "आपने क्या निर्णय लिया है ताईजी?"

उन्होंने क्षण-भर को अपनी आँखें बंद कीं और पुनः खोलकर बोलीं, "मैं तुम्हारे ताऊजी ठाकुर राजवीर सिंह को तलाक़ दे रही हूँ।"

हम सभी ने देखा, डूबते सूर्य की लालिमा खिड़की से होकर ताईजी के चेहरे पर आत्मविश्वास की आभा बिखेर रही है। अस्तगामी सूर्य ताईजी के जीवन में सवेरा कर गया।

•••